石橋秀野の一〇〇句を読む

俳句と生涯

山本安見子 著
宇多喜代子 監修

飯塚書店

昭和 17 年 5 月 29 日、大原稲荷へ安見の宮参り。
左より、秀野、安見、貞吉（後の山本健吉）。

貞吉がアメリカにいる次姉かつみに、結婚する女性を紹介するために送った写真。肩あげをしているので結婚前の写真であろう。

藪家三代の女性たち。
前列右より秀野（四女）、トミ（祖母）、恒子（六女）、由栄（母）、アグリ（三女）、後列、タマエ（長女）

昭和９年、母由栄の葬儀にて。
前列左より、森由貴子（タマエ長女）、四女秀野、六女恒子（後に清水崑夫人）、後列左より、三女アグリ、長女タマエ。

句文集『櫻濃く』（昭和 24 年 創元社刊）に入れられた写真。
昭和 19 年頃の撮影。

秀野の葬儀（東大野町松井邸にて）。前列右より貞吉、安見、
アグリ、正栄（貞吉の長兄の妻）。2 列目右はし西東三鬼。

石橋秀野の一〇〇句を読む

序　愛惜の俳人

宇多喜代子

石橋秀野のことは知らなくても

蟬時雨子は担送車に追ひつけず

は知っているという人は多い。知られているのは、この句の作者が石橋秀野であるということくらいであろうか。多くの事情を知らずとも、この句がただならぬ場で詠まれた句であることだけは、誰にでもわかる。

　ところが、残した子への声をかぎりの母の絶唱であるこの句を、当の子である山本安見子さんは嫌いだという。この句を最後に母上と永別したのだから無理もない。母恋のよすがの句にしてはあまりにもなまなましく、切なすぎるのだ。ところが、伝聞で知る生前の母親や、山本健吉と結婚していたころの母親を語るとき、安見子さんの筆は、とても軽くなる。安見子さんの嫌いなのは、この句ではなく、この句にまつわることが嫌いなのだろう。

このたび、安見子さんの目で石橋秀野の全句から百句を選び、それに評伝式の文章を添えるという、いままでにない石橋秀野伝が刊行された。まず、どんな百句が選ばれるだろうということに興味が集まる。選ばれた百句を見たとき、これは安見子さんならではの目が選んだ句だと思い、記憶にはなくても母子というものは切り離せないものだと、あらためて思った。まずこのことは、このたびの『石橋秀野の一〇〇句を読む』の特徴の一つになるだろう。

二〇〇〇年に『定本石橋秀野句文集』（富士見書房刊）が出たことで、それまでどことなく謎めいていた石橋秀野の句文が多くの読者の目に届いたが、それまでの間、長く私たちが目にできる石橋秀野の句文は山本健吉の編んだ『櫻濃く』（創元社・一九四九年刊）のみであった。

俳句に女性の参加が増えたころ、私の関心のある女性俳人の幾人かの句について、まことに稚拙ながら感想をしたためるという内容で『イメージの女流俳句』（一九九四年刊）

を出した。女流といえば、星野立子・中村汀女・橋本多佳子・三橋鷹女らのいわゆる4Tと、杉田久女・細見綾子・野澤節子・中村苑子・桂信子らの句を語るでこと済むというのが一般的な女性俳人論の書かれ方であった。が、それだけでいいわけがない、そう思いつつ女性俳人の幾人かのうちの一人として石橋秀野を加えた。とはいえ、『櫻濃く』を読んだ程度の所感を述べたにすぎず、秀野俳句誕生の経緯や、秀野俳句をとりまく人々、山本健吉の風貌などは、安見子さんの書かれたものをもって初めて知ったことであった。石橋秀野が蘇ったような気がした。

いま一つ、鈴木六林男に附いて、西東三鬼の死者の名誉回復の裁判に立ち会ったときのこと。六林男が静かな傍聴席でひそひそと、西東三鬼はワルサはしたが、友人を裏切る男ではなかったということを縷々話してくれた。そのいくつかの話の中に、こんな話があった。

西東三鬼が秀野の見舞いに京都に行くということを聞いた六林男は、知り合いから生みたての卵を十個ほど調達して石橋秀野に食べてもらうべく、三鬼にことづけた。しかるに、石橋秀野はあれから間なしに死んでしまった。「あの卵は、三鬼が食うたんやな。あの卵を食べてたら、秀野は死なななかったはずや」と、真面目な顔でいうのだ。秀野の病勢は、卵を百個食べても千個食べてもどうにもならないほどになっていたのだが、卵が貴重品で、滋養食品の最高位にあったころのこと。卵さえ食べれば病は治ると信じられていたころのことである。

年譜によると、石田波郷と西東三鬼が秀野のところへ行ったのは昭和二十二年五月十九日。宇多野療養所に入ったのが七月二十一日。亡くなったのが九月二十六日。秀野が鈴木六林男腐心の卵を食べたのは確かだろうが、いずれにせよ、六林男の語るこの挿話は、俳人同士が損得なしの絆で結ばれていたころを髣髴とさせてくれるのである。

聡明な大和の素封家の娘御が進歩的な教育を受け、病と格闘しながら折々に残した俳句を見てゆく。すると、会ったことはないのに、石橋秀野がなんともいえず親しく思われてくる。加えて、安見子さんの闊達な文章が、未知の生母を語る物語の体をなして私たちを秀野ワールドに誘い込む。その勢いは、たとえ未知の母であっても、自分のことをとことん愛していてくれた母がいたという安見子さんの深い思いに重なる。

本書は、長く接する機会がなかった石橋秀野の句と、その句にまつわる周辺事情などを知るための格好の一冊である。安見子さんは後記に「生母を知るための心の旅でもあった」と書いている。安見子さんのこころの旅の健やかな出立をよろこび、今後、愛惜の俳人である石橋秀野の句が多くの人に読まれることを、こころから願っている。

目次

石橋秀野の一〇〇句を読む

清水崑・画

俳誌「鶴」の「石橋秀野追悼特集」のために描かれた扉絵。

木犀にとほき潮のみちにけり

昭和十三年作。秀野の句文集『櫻濃く』はこの句から始まる。以前の句は秀野自身の意に染まなかったのか、切り捨てられている。

漠然としているがどこか輝きを感じる句である。絵で言うなら抽象画でもない、さりとて具象でもない、ラウル・デュフィのような感じがする。

木犀の花の頃になると、何処からともなく芳しい香りが漂ってくる。潮の香りもまた遠くまで匂う。海に近い駅などに降り立つと、潮騒は聞こえなくても潮の香は感じることがある。

若き日の秀野健吉はよく葉山や九十九里へ俳人仲間や文学青年達と泳ぎに行った。九十九里では波乗りを楽しんだり、葉山あたりでは西東三鬼を始めとする男性陣を尻目に、秀野は颯爽と泳いでいたという逸話がある。

戦前は若い娘が水着姿になることに眉をひそめる人もあったという時代である。秀野は人目を気にしない。それが秀野流である。

夫の健吉は泳ぎが得意どころではなく、中学時代長崎県代表の一人として、東京の競泳大会に出場するために特訓を受けていたほどであった。

健吉の育った長崎は進歩的で、市をあげて水泳教育が盛んであった。長崎湾内の鼠島という島を子供達の水泳専用の島として夏じゅう開放し、長崎游泳協会の教官が毎日指導に当たっていた。

朝、大波止から鼠島へは団平船が出る。一日じゅう泳いで、夕方、東シナ海に沈む夕日を眺めながら帰って来る。

健吉の家では兄弟四人と次姉の計五人がひと夏じゅうの会費を払って参加していた。結婚生活九年を経て、木犀の香に触発されて、ふと若き日の記憶が脳裏をよぎったのであろうか。

秀野は大正十二年に大阪のウィルミナ高等女学校より東京の文化学院に転入学。文化学院は大正十一年に西村伊作が理想的教育を実践するべく創設した学校である。特に情操教育と芸術教育に力を注いだ。短歌は与謝野晶子、俳句は高浜虚子、絵画は石井柏亭、その他佐藤春夫、戸川秋骨、有島武郎、山田耕作と錚々たる教授陣であった。

秀野は女ばかりの四人姉妹。藪家は男の子が育たなかったのである。

秀野姉妹はよくも悪くも父親である楢太郎に翻弄されて成長した。

楢太郎の最大の長所は娘達の教育にある。「女に教育はいらない」とも言われていた時代に、長女タマエは女子医専、三女アグリは日本女子大、秀野と恒子は文化学院と、それぞれに高学歴をつけさせるほど教育熱心であった。

自身も進取の気性に富んでいて、村で最初に自転車に乗った男であり、種なし西瓜の種をアメリカから取り寄せて奨励したのも彼であった。

趣味も多く、華道は月泉流家元、短歌、俳句も嗜んでいた。家族で句会をすることもあり、秀野に最初に俳句の手ほどきをしたのは姉のアグリであった。

次に十三年までの俳句に関する秀野の来し方をふり返ってみる。

文化学院在学中の大正十四年、「ホトトギス」一月号に秀野の「俳句雑感」が紹介された。

虚子の、「俳句を作り始めてから、何等か貴方々の心持の上に又た日常生活の上に（主として趣味の上に）変化を来したことがあれば書いて御覧なさい」という課題によって書かれた作文であった。

秀野は「人生が深遠であるやうに俳句も亦深遠である。一歩一歩人生の道を辿って行くやうに、一歩々々俳境に自分自身を近付けて行くために私は努力をし度いと思ふ」と作文の最後を締め括っている。

それに対して虚子は、「この答案は私の問題と離れて少し堂々とし過ぎてゐるが、しかし兎に角、女学校の三年生でゐてこれだけのことが言へるのは感心だと思つた」と評している。

後年、夫の山本健吉は、秀野が作文で述べたことは、「十六歳の少女の稚い気負ひには違ひない。だがこの気負ひはまた取りも直さず彼女が終生持ち続けてゐたものに違ひないのである」と記している。

文化学院における虚子の授業は、生徒の句を特に褒めるでもなくけなすでもなく、無理に作れ、とも言わない。添削もしない。生徒が伸びるのを静かに待つ。句稿の末尾に必ず日付と「虚子妄選」と赤鉛筆で記す。

秀野は授業以外に家で作った句を清書して、虚子に送ったりしていた。ある時、「文化学院内、藪秀野様」として封書が届いた。句稿に赤鉛筆でマル・二重マルの印をつけ、日付と虚子妄選の署名。用語の誤りも二、三直してあるが、ほかは何も記されていなかった。物足りなさを感じながら封筒に目をやると「けふひる旅に出ます」と走り書きがしてあった。虚子は忙しい中、十代の少女の句稿さえも疎かにはしなかったのだ。

秀野は「旅に果てゝ悔いない俳諧の道のはるけさ」を虚子に感じて、ハッとするのであった。その封筒は疎開先にも持って行き、「今も猶一枚のハトロン封筒を肌身はなさず持つてゐる」と昭和二十一年「雲」三月号の随筆「道」の中に記している。

秀野の作品で初めて活字になったのは、大正十四年の昭和天皇第一子の照宮成子《しげこ》内親王御誕生の時の祝歌で、国民新聞に掲載された。

大宮《おほみや》の方《かた》よりひびく号砲《がうはう》になみだぐましき喜《よろこ》びをする
いと殊《こと》に近《ちか》く輝《かがや》く星《ほし》のありめでたき宵《よひ》をことほぐがごと

しかし、短歌より俳句に魅かれたらしく、文化学院本科（大学部、三年間）に入ってからは、友人と丸ビル内のホトトギス社を訪れ、虚子の指導を直接受けた。昭和三年にはホトトギス婦人句会に出席し、星野立子、今井つる女、阿部みどり女等多くの人と交わる。

その一方、大正十五年、慶應義塾大学での折口信夫の『源氏物語』の講座に出席。慶應の二十二番教室で石橋貞吉、後の山本健吉と出逢った。健吉は当時慶應義塾大学文学部国文学科二年生。二人はたちまち恋に陥ちた。

健吉は父石橋忍月の急死（大正十五年二月一日）で一家離散、母方の伯父横山重太郎宅に寄宿。秀野も父橧太郎のたびたびの事業の失敗で、庄屋であった先祖からの田地田畑家屋敷を失い、一家は散り散り。二人は暗い環境の中で出逢ったのである。

健吉の眼には秀野が「春の苑紅にほふ桃の花下照る道に出で立つをとめ」と見えたのであろう。

「懽《よろこび》の歌」と題して「春の野のうららの妹よ／相見しはいとど遥けし―略―」とか、「彼女の遠足」などを原稿用紙に書いて、親友の同級生田中千禾夫（後に劇作家）に渡したりした。萬葉調と島崎藤村を足して二で割ったような、決して上手とは言えない恋愛詩で、「目下、大恋愛をしてる」と友人達に吹聴していた。

昭和四年九月、二人は、健吉の母翠《みどり》の住む神戸でささやかな結婚式を挙げた。後年、健吉が「無謀にも若すぎる結婚」と記しているように生活を維持する基盤がなかったために、極貧を味わう結果となった。

その上、夫婦して当時流行のマルキシズムの洗礼を受けて左翼運動に走り、一時は親族でさえも所在がわからない時期があった。しかし、理想と現実の落差、求めるものに出逢えないもどかしさを残して挫折。健吉が健康を損ねたこともあって、組織より離脱した。昭和六年、健吉は休学中もずっと授業料を払い続けていてくれた父方の叔父山田半蔵のお陰で、追試験を受けて慶應義塾大学を卒業。秀野は実家藪家没落のためか、自然消滅の形で文化学院を去った。

健吉は大学を卒業したからと言ってすぐ就職できたわけではなく、俳書堂の季寄せや改造社の歳時記のアルバイトを宇多零雨が紹介してくれた。それだけでは生活できないので妻秀野が丸の内の籾山書店のレジをして暮らしを支えた。この頃、秀野のおかっぱ頭がモダンガール、いわゆるモガとして評判になり、わざわざ見に来る人や、一説には朝日新聞社の雑誌の表紙にもなったと言われているが、定かではない。

昭和七年あたりから上川井梨葉が主宰する「愛吟」に、父楢太郎(俳号 我堂)健吉(俳号 竹青)らと加わって、秀野(俳号 成穂)は句作を再開。

昭和十三年十月十日に健吉の改造社における同僚で友人の桔梗五郎の紹介で、松村泰太郎に伴われ、初めて横光利一の「十日会」に出席。これを機に本腰を入れて俳句の道へと入ってゆく。それ故、師系は、と問われると秀野は必ず虚子と利一の名を挙げていた。

これが十三年までの俳句における秀野の歩みのあらましである。

凍鶴に忽然と日の流れけり

昭和十三年作。この年の冬、秀野は結婚以来の生活の無理が祟って、初めて寝込んだ。病臥の身には日の過ぎるのは早い。火の気のない部屋にじっと寝ているわが身に、凍鶴を重ねたのであろうか。病中吟として他に、

病中

あけくれの布団重たし冬の蠅

鈍き呼吸の我が胸にして夕時雨

がある。同じく十三年作。

寒凪や初更の煙まっすぐに

冬の強い風がハタと止んで凪ぎわたる時がある。風が吹いていても寒いが、止むといっそう芯から冷えを感じる。冷え切った夜空に一筋の煙が吸い込まれてゆく。

チャルメラやまだ宵の町月冴ゆる

同年作。昨今は流しの屋台の笛の音を聞かなくなったが、遠く近く聞こえてくるチャルメラの音は物悲しい。ともに病中吟であろうか。

寒梅やつぼみふれあふ仄明り

昭和十四年作。早朝か薄暮の頃か。冷たい張りつめたような空気の中、仄明りに見える梅は絶品である。梅は古い枝から突っ立った刺のように新しい枝が延びて、その枝に幾つものつぼみをつける。「ふれあふ」と表現したのは言い得ている。

十四年という年は、夫の健吉が仲間と文藝評論専門の同人誌「批評」を創刊した年に当たる。健吉は世間的にはまだ名を成していなかったものの、文藝評論家としての歩を確実に踏み出したのである。

この「批評」に健吉は「作家の肖像」を四年間にわたって連載、後に『私小説作家論』として結実した。また、改造社の雑誌「俳句研究」の編集者として石田波郷、中村草田男、篠原梵による〝新しい俳句の課題〟と題する座談会の司会をして、この作句傾向の人達を「人間探求派」と称し、その後もこの名称で通るようになった。

秀野の句作もまた充実していた年である。『櫻濃く』に収録されている十三年の句は十五句なのに、十四年は四十三句と飛躍的に増えた。

地虫なくや月蝕の夜と思ほえず
毒だみや十文字白き夕まぐれ
星降るや秋刀魚の脂燃えたぎる
蟷螂の地をはへば地に怒りけり
秋さびし日のまぶしきに蕎麦すゝる

夫婦ともども精神的に充実した年であった。

山《やま》ごもる大和《ふるさと》は遠し目刺し食す

昭和十四年作。海を持たない奈良の人々は、昔は魚と言えば干物であった。秀野にとっても、目刺はふるさとにつながる身近な食材であった。

この句の底には倭建命《やまとたけるのみこと》が伊勢の能煩野《のぼの》に着いた時、「国忍び《くにしの》」をして歌った、

大和は　国のまほろば
畳なづく　青垣
山籠《やまご》もれる　大和し美《うるわ》し

の歌が底辺に流れていよう。

秀野は明治四十二年二月十九日、奈良県山辺郡二階堂村大字西井戸堂、現在の天理市西井戸堂町に生まれた。家は代々名字帯刀を許された庄屋であった。

秀野は生まれ故郷について随筆「明智燈籠」の中で、

私の在所は平野のほゞ真中に近い。大声で叫んだら三輪山の反響が二上山にまでとゞきさうなこの国では、平野のあたりをすべて国中《くんなか》と云ひ山の方の在所を山中《さんちゅ》と呼ぶ。私は国中《くんなか》といふ方が好きである。字面から受ける感じは一寸二寸の土地も耕しつくされてゐるあのせゝこましい今の大和とは雲泥の差である。国のまほろばと云つた時代の匂ひがある。

と述べている。

「明智燈籠」と言うのは惟任日向守《これとうひゅうがのかみ》光秀を供養する高燈籠のことである。

奈良の地はこれと言った産物もなく、覇権争いに巻き込まれる事も多く、領民は飢饉や苛酷な年貢に苦しんでいた。

信長がこのあたりを支配下に置いた時、光秀は領民に温かく接した。そのために領民から慕われ、領民は光秀没後も燈籠を掲げて供養していたのだとか。他の地には明智風呂もあると聞く。

一説には、信長が奈良地方を平定しようと戦っていた時であろうか、光秀が藪の中で道に迷っていた時、秀野の先祖が道案内をしたことにより「藪」姓となった、という御伽話めいた話があるが、定かでない。秀野の祖母は、代々言い伝えられていたのか、大の光秀贔屓で、「光秀はんは武運つたなく秀吉に亡されてしまつた。信長は仏敵故、非業の最後は当然だが、光秀はんこそは前世の約束と云ふべきで、いたはしい限り」と言っていたとか。

秀野の生家は今は跡かたもない。秀野より三代ほど前の藪源四郎は「藪源」として名を馳せて「藪のせんげんや」と呼ばれていた。土地の口伝えなので千軒か千間かも不明。長屋門とそれに続く土塀、広い母屋と離れを有し、七つの蔵と小作人の住まいがあったと言うから、おそらく〝せんげん〟とは塀の長さがぐるり千間であろうか、誇張ではあろうが……。

秀野の生母は跡取り娘で婿養子を迎えた。それが楢太郎であった。添上郡櫟本町の庄屋森田家より婿入りしてきた。何故か婿に出されたのが気に入らず、「こんな目くされ財産潰してやる」と豪語したとやら。蔵の一つに住んでいる大蛇を屋敷の守り神として大事にしているのを「そんなの迷信じゃ」と槍で突き殺したという逸話もある。だからという訳ではなかろうが、楢太郎によって藪家は没落し、故郷を捨てなければならなくなったのも確かである。

やんちゃで暴れん坊でぼんぼん育ちで気前がよくて新し物好き。さまざまな事業に誘われては失敗。その上、政治にも興味があったのか、政党の院外団のような事もした。借金取りが押し寄せると逃げ足は早く、相手をさせられるのはいつも妻の由栄であった。女にももてた、と言うより女の方で放っておかない男であったらしく、各地に別宅らしきものもあり、由栄を悩ませていた。

楢太郎はチビ、由栄は大女、要するにこの二人は蚤の夫婦であった。昔は大女は嫁のもらいてがないと言われていた。そのためか、由栄は家付娘であるにもかかわらず、楢太郎に対して小さくなっていたのだそうだ。

娘達が見かねて、四姉妹雁首を揃えて母親に離婚を勧めたこともあったが、由栄の「そいでもなあ、あのお人には、言うに言われんええとこもおますのや」の一言に、姉妹四人ケチョンとなって離婚は沙汰やみとなった。

楢太郎夫妻の長女タマエの娘森由貴子は「由栄おばあちゃんは面白い人で、何かというと浄瑠璃の台詞で返事が返ってきた」と回想する。由栄は昭和九年に急死。秀野は「美しく生れた顔以外には何一つ良い事のなかつた母は五十七歳で天に上る煙となつた」と昭和十五年の随筆「鎮魂歌」に書いている。

楢太郎は由栄亡き後、再婚もせず別宅も持たず、由栄が由栄が、と事あるごとに言っていたというから、夫婦は不思議である。楢太郎は由栄に遅れること二十五年、昭和三十四年に六女恒子の嫁ぎ先、高輪にある漫画家清水崑宅で八十四歳で没した。

楢太郎のお陰で波乱に満ちた一家であるが、一族の中で誰一人楢太郎を責める者はない。優しくて面白くて大好きだと口を揃えて言う。

藪家姉妹には豪農に育ちながら貧乏を苦にせず、凛として生きる特質がある。

楢太郎の教育方針で、四姉妹は地元の学校へ通っていないから西井戸堂の生家で暮らした年月は短いが、それ故になおいっそうふるさとに対する思いと誇りが強く、特に秀野の胸中には常に大和の山河があったのである。

三十二歳となる

我年に母吾を生みぬ初湯浴み

昭和十五年作。箱根五句の中の一句。

湯舟に浸って手足を伸ばしていると、さまざまな感懐が湧いてくるもの。

前年の句に、

児を持たず八十八夜寒み寝《ぬ》る

というのがある。昭和四年秋に学生結婚をして以来十余年、二人には未だ子がなかったのである。だが、実は昭和九年の一月か二月の初めに待望の一子を得ている。が、その子は一度も乳を含むことなく亡くなった。

秀野の母由栄は娘の身を案じて上京、しばらく淀橋区柏木町で秀野夫婦と暮らした。由栄は朝に晩に小さな骨箱に手を合わせ、「今度は丈夫で早う戻って来いや」と言い聞かせていたが、三月に急死した。

同年五月の早朝、秀野夫婦は特高に踏み込まれ、健吉は三週間、秀野は一週間留置され取り調べを受けた。

昭和四年の結婚直後から夫婦で飛び込んだ左翼運動のせいであった。省みて悔いはなかったものの、求めたものに行き合わないもどかしさだけを残して、すべては終わっていたのである。すでに離脱して二、三年は経っていたのだが、夫健吉の慶應時代からの親友で、家の近所に住んでいた原民喜の個性的すぎる行動が特高の注意を引いた結果、とばっちりで夫婦ともども検挙されたのである。

〝石橋忍月の御曹子逮捕さる〟と新聞にも出たりして、健吉は一時勤務していた改造社を解雇され、再びの貧乏暮らしを余儀なくされた。

昭和九年という年は、秀野健吉にとって最悪の年であった。

翌十年には健吉は改造社に復帰し「俳句研究」の編集者として充実した年月を過ごした。

この夫婦の十八年間の結婚生活の中で昭和十年から十五年ぐらいまでは、生活が安定してゆとりのある時期だったと思う。

望遠鏡かなし枯枝頰にふる、

昭和十五年作。秀野の句は概ね説明を要さないほど明解な句が多いが、その中にあってこの句は抽象画の趣がある。

横光利一の十日会において師が絶讃したのがこの句であった。

「惜しい、どうしてこの句を小説にしないんだ」

秀野の句は一句一句が小説になっている、と言ったという。師は秀野をかなり高く評価していて、短歌に斎藤史あり、俳句に石橋秀野ありで、競い合っていると評していた。十日会に出席しだした頃は、一か月に五句詠むのは楽ではなかったようだが、毎月欠かさず通っているうちに句帖も埋まるようになった。

俳句における秀野のいちばんの理解者で、その才能に注目していたのは夫であっただろう。そのための協力は惜しまなかったし、十日会への参加もおそらく夫の強い勧めがあったからであろう。

秀野の俳句について夫健吉は、「文化学院時代虚子の教えによって俳句の骨法を身につけ、色彩豊かな叙情をきちんと俳句的骨格の中に打ち出していた。横光によって俳句の精神を知り俳句固有の方法と意義とに目覚めた」と述べている。

結婚して間もなく夫婦して嵌った精神的彷徨の果てに辿り着いた句作の喜びであり、秀野の散文もまた師、横光利一によって開花したのである。

句集に収録されている句を見ても、十三年は十五句と少ないが、十四年には四十三句、十五年になると五十句である。十五年作を幾つか記してみる。

からたちに春雪の穢《ゑ》のいちじるく
白梅や泥あげし子ととぼけ合ふ
桐の芽のかたまつて日をふくみゐる
野犬の目赤し芽立ちの垣に啖ふ
悔なしと言い放つより遠蛙
夜寒の戸わが影のまゝ押しひらく

京都に着きし朝

芋粥や妹背に露のお朔日
めつむりて奈落一瞬炭匂ふ
湯にゆくと初冬の星座ふりかぶる
霜夜ひとり買ひきし塩を壺にうつす

もの言はぬ餉《け》のならひかもエゴの花

昭和十六年作。「もの言はぬ餉のならひ」は、秀野にとって二つの意味がある。

一つは秀野の実家、藪家の習慣。食材にはほとんど無関心とも思える家に育ったのだが、食事中の戒律は十指に及ぶとか。箸はねぶるな、肘を張るな、舌音をさすな、お椀の中から目を出すな、足を崩すな、等々。粗忽のないよう食事をするのに精いっぱい、物の美味不味を思うどころではない。お喋りはするな、となれば、談笑のうちに食事をするなど皆無である。

もう一つは秀野の新婚時代の食卓風景。古女房だった人とでも結婚しない限り、始めから何でもこなす妻というのは望めない。

秀野の父親は教育には熱心であったが、いわゆる女ひと通りの花嫁修業は無視していた。娘たちは結婚前に台所に立つ、ということが少なかったらしい。秀野に限らず姉妹は料理が不得手であった。

秀野の夫健吉は長崎生まれ。奈良と異なり、食材は豊富な土地。健吉が生まれ育った時期は、父親の石橋忍月が弁護士としても市会議員としても華々しく活躍していた。母親が加賀の金沢から輿入れの時、従って来た老女達が家政を取り仕切っていた。贅沢はしなかったと言っても、食卓はおのずと豊かであった。両親は別室で食べるので、兄弟姉妹、いとこに叔母、老女と書生、常に十四、五人が賑やかに食卓を囲む。

育ち方の百八十度違う二人が、おぼつかない所帯を持ったのである。

秀野が作る、毎朝水加減のまちまちな御飯は一度も上手に炊けず、辛い味噌汁に健吉は眉に皺を寄せながら、湯をさして流し込む。生来健吉は胃弱で低血圧。朝の寝起きはすこぶる悪い。扱いかねて、

「何故そんなに黙ってゐるの、どうしてそんなに小食なの」

と聞けば、

「俺は喋りたくない、飯も食いたくない」

と膝の上に書物をひろげながら食べている。

だからと言って、新妻秀野が悲観しているということはなかったであろう。おや、まあ、変わった人だこと、とあっけらかんとしていただろう。小事にこだわらない、というのも秀野流である。

然らば、と秀野も黙々と食事、新聞などを読む習慣になってしまった。

年経てある時、今度は、

「よそ見をしたり物を読みながら飯食う奴があるか、仏頂面はよせ」

と御亭主殿。喋りたくないの食いたくないのと言ったことは何処へやら。夫もいつの間にか食卓で戯談もするようになっていた。家人も成長したことよ、という感懐が込められた

一句である。
エゴの花のように可憐な、エゴの実のようにほろ苦くもある新婚時代の想い出であろう。

小夜食やパン焼けつ皿光りをり

昭和十六年作。日中戦争も泥沼化し、日米開戦が目前の秋。物資不足はすべての物に及んでいた。食生活は窮屈になる一方ではあったが、それでも夜食のパンや粥を口にするゆとりがあったのであろう。

この秋、秀野は身重で句会にも出席できなかったから、生まれてくる子のため、苦手な縫い物などをし、夫健吉は、「俳句研究」の編集長として校正刷などを持ち帰ったり、同人誌「批評」の原稿を執筆したりで、夜遅くまで机に向かっていたであろう。

太平洋戦争突入寸前のつかの間の穏やかな生活の一コマがこの句に切り取られている。「パン焼けつ」「皿光りをり」の表現が端的。

同時期の「夜食」の句。

夜食粥在所の冷えは膝よりす

夜食粥猫叱るより術なきか

十六年六月の句に、

青葡萄香水消ゆる扉のほとり

がある。三好達治は詩論集『卓上の花』（創元社刊）の中でこの句を取り上げ、「斬新で瀟洒でハイカラ」と評しているとか。他に、

笹の葉に目高の鼻の流れよる

がある。

淀橋病院にて　四句

乳しぼり捨てゝ吹雪となりゐたり

昭和十七年一月二十日、秀野は女児を出産する。寒さの極まった大寒の頃である。新しい命は月足らずの未熟児であった。保育器の中で先が危ぶまれるほどか細く、乳を吸う力も弱く、母体から吸えないので、哺乳瓶に絞ってから口に入れた。恵みをすべて消化することもおぼつかなく、捨てることも多かったのであろう。

真珠湾攻撃より一か月あまり、戦争への不安、生活の不安、吾子への不安、心細さを煽るように吹雪は容赦なく病室の窓を打つ。

他の三句。

父母の杞憂はてなく吹雪鳴る

山梔子や吹雪とこもる一顆あり

春寒や魚腸を洗ふ如き雲

夫婦は一子を得た喜びを命名で表した。万葉集巻二、藤原鎌足の歌からとったのである。

采女安見児を得たとき作った歌

我はもや　安見《やすみ》児《こ》得たり。皆人の得《え》かてにすとふ、安見児得たり

出生届には〝安見〟として届け出た。〝子〟をつけなかったのは、女の子にはすべて〝子〟をつけてよい、だから戸籍にわざわざ明記する必要はない、という健吉の考えによる。

父小野氏母石ノ上氏

初ひゝな陸奥《おく》と大和の御祖《みおや》かな

昭和十七年作。生まれて一か月、どうにか新生児としての危機を脱した吾子が、ささやかながら初節句の日を迎えることができた。その喜びが句全体に溢れている。同じ時の句。

初ひゝな陸奥《おく》より出でゝ大和の児

初ひゝなその子の父の濡れし肩

乏しい家計を遣り繰りして内裏雛、三人官女、五人囃等々を揃えて飾ったのである。人形の品質はもはや云々できる時代ではない。雛段を揃えたということが、ふた親の並々ならぬ子への情愛の深さを物語っている。

昭和十六年の随筆「身辺記」の中で、秀野は「最近、私は家系に興味を持ち自分を家系から割り出さうとしてゐる」と記し、「自分の両親や姉妹が腺病質なのは、先祖以来あまり血を詮議しすぎて縁を近国に求めて来たのが、いはゞ血族結婚に近い結果になつたのだと思ふ」と述べている。

生家は没落しても、否、没落したからなおのこと、秀野は家系への自負の念が強く、誇りと気位を持っていた。

「母石《いそ》ノ上《かみ》氏」と詞書をつけるからには、藪家が石ノ上氏の流れを汲む、という誇りがあったのではなかろうか。

奈良の石上《いそのかみ》神宮は藪家代々の地、天理にある。天理一帯は古代には、和邇、柿本、物部などの豪族が繁栄した地。石上神宮は物部氏の氏神である。

物部氏は古代の有力氏族である。物部守屋は五八七年に弱冠十四歳の厩戸皇子、後の聖徳太子と蘇我氏の連合軍に敗れた。物部一族とそれに繋がる人々は石ノ上氏となり、それから千三百年あまり、中央政治とは無縁で田畑を耕しながら営々と天理に住み続けてきた、と考えたとしてもおかしくはないだろう。

もっとも真偽の確かめようはない。秀野の父親である楢太郎は、藪家の家系図をも売ってしまったからである。

ある人に系図を見せたら、これだけの代物は滅多にない、売ってくれ、となったとか。

一説には、これも御多分に洩れず借金の質に取られた、と言うが、楢太郎なら諾《うべ》なるかなである。

「父小野氏」というのは、夫健吉の実家、石橋氏ではなく、姑の実家横山家を指している。横山家は加賀前田家の重臣の一つの家柄で、系図上の祖を小野篁としていることに拠る。しかし、これは御伽話めいた話で、藩主前田利家が菅原道真を祖としているのと同様の話であろう。

秀野は姑翠《みどり》と自分の母由栄のことを較べて、翠は面長、由栄は丸顔、顔形も言葉も違うのにもかかわらず、二人とも没落階級の出身の故か、こと面子に関しては頑固で、幾つになっても銭勘定が下手、容姿は大きく違う二人の母が、時に一人に思える、と記している。姑に対する親近感から「父小野氏」となったのであろう。

父と母に脈絡としてつながる血を享けて育つ吾子に、幸あれ、との祈りを雛飾りに託しているのであろうか。

古漬や大和国中《くんなか》別れ霜

昭和十七年作。寒いにつけ暑いにつけ、故郷が遠ければ遠いほど、帰る家がないからなお、秀野の故郷への思慕は強い。

秀野の好きな「大和国中《やまとくんなか》」の語がこの句の中で生きている。大和は盆地、遅霜はよく起こる現象であっただろう。

一連の別れ霜の句。

別霜湯屋のこぼれ灯坂下に

別霜時計の刻む階くらく

別霜夜干のもの、濃紫

もう一つ秀野の好きな語に「在所」がある。故郷、田舎と同意語ながら、秀野は生まれた所を決して「田舎」とは言わず、必ず「在所」と言った。

寒に堪へ飢に生き来し命あり

安見子満一年となる

昭和十八年作。秀野が淀橋病院を退院する時、赤子は病院に止め置かれたので、秀野は毎日乳を搾っては病院に届けていた。その頼りない命の灯が満一年を迎えられたのである。「命あり」は秀野の心の奥底からの叫びである。

寒風に戸障子の鳴るのを聞きながら、秀野はこの一年をふり返る。

高齢出産には堪えたものの、食糧事情は悪化の一途を辿っている。また、子は虚弱で神経質で毎夜の夜泣きに困惑した。家に相談できる年寄りのいない核家族であってみれば、馴れない育児はすべて手探り、今のように育児書などなかったのである。

牛乳《ちゝ》煮るやラヂオの小鳥朝焼に
つゝじ燃ゆ吾児に与へん腕かな

安見子生れて十ヶ月余となる
その子いま蜜柑投ぐるよ何を言はん

乳なければ
足袋ぬがぬ臥所や夜半の乳つくり

心配した子の食欲も出て母乳では足りなくなった、と言うより高齢ということと、母胎の栄養状態も最悪であったから、子の食欲を満たすには不十分になった。配給の粉ミルクは僅かである。子の父は好きな煙草を我慢して配給の煙草を粉ミルクと交換して凌いだ。秀野は姉妹の中でも丈夫な方であったが、ついに病を得た。

腎臓を病む　二句
病間やうすき乳房の春羽織
初鏡髪梳けばとて脈荒るゝ

育児に追われたこの一年、秀野の食生活は空腹が治まれば事足れりとし、時間が惜しい時には醬油かけ御飯ということもあったらしい。偶然来合わせて目撃したのか、後年、健吉の長姉、秀野には小姑の富美子は、あんな食事の摂り方では腎臓にいい訳がない、と語っていた。

秀野の姉アグリが心配して上京して来た。

姉上京

はらからに家紋の羽織なつかしや

アグリは生涯独身で、藪家を背負って立てる意気込みがあったから常に口やかましい。煙たい存在の姉でも来てくれれば嬉しいもの。

姉の羽織の藪家の紋に、いっそう大和への思慕を深くしたであろう。

アグリは秀野にと食べ物を持参しても、秀野は「これ、主人の好物なの」と取り置くので、少なからず憮然としたらしい。日頃は夫のことを愚亭と言って憚らない癖に、その実、天にも地にも大事なのは愚亭こと健吉と安見だけなんだから困ってしまう、とアグリはぼやいていた。

病ひを得

春暁の背骨かばへるうつゝかな

出産と育児に追い打ちをかける食糧難が秀野の体力を消耗させたことは否めないだろう。

春陰や犬はひもじき眼をもてる

昭和十八年作。戦争はいっこうに先が見えず、大本営発表とやらの景気のいいニュースのわりには泥沼化してゆく一方。二月には山本五十六元帥戦死、五月はアッツ島守備隊玉砕。

おいしいまずいは関係なく、とにかく、腹いっぱい食べるということが途方もなく贅沢と思える日々である。

暗い気持ちで歩いていると、ふと犬と目が合う。野良犬であろうか。痩せて悲しげである。犬よ、お前もか！

春陰と当時の日本人の日々とがマッチした、映画の一コマのような句。

初袷やせて美《は》しとは絵そらごと

桂郎さんへ返りごと

昭和十八年作。句会か飲み会でかわからないが、
桂郎――秀野さん、痩せて美しくなったね。
秀野――いやな桂郎、素袷せだからそう見えるのよ、大袈裟ねえ。

そのような会話の聞こえてきそうな句である。

ただ単に綿入れから素袷になっただけでなく、実際、育児と自分の病気、食糧の買い出しにと、秀野は目立って痩せたのであろう。

石川桂郎は秀野の出産見舞に淀橋病院へ来ている。行くべきか行かざるべきか迷い、お袋様に相談すると、お前が見舞いたいと思うお人なら見舞えばいいのさ、という簡潔な答えに、自分で自分の尻を押すようにして見舞った。「鶴」の石橋秀野追悼特集の中で桂郎は「三階だったか四階だったか、窓の外はいきなり青空だった。おさげに結った髪を片いっぽう枕の外に投げとばし、白く小さな顔が少女めいて、私はつくづく美しい人だと思った」と見舞った時の様子を回想している。

桂郎にとっての秀野はどうやらマドンナだったのではなかろうか。

ある時、酒の勢いも幾分はあったのであろうが、桂郎が人前も憚らず突然、秀野の頬にチューッ、としてしまった。間髪を入れず、秀野の平手打ちが桂郎の頬に飛んだ。

鎌鼬のような一瞬の出来事で、周囲の者が呆然としている中、秀野は悠然と帰ったとか。

桂郎に他意はない。不倫とか横恋慕とかいう安っぽい話ではない。

その時、桂郎は心底秀野を愛らしく思ったのが行動に出たまでで、桂郎が大変な秀野ファンの一人だったことは確実である。

波郷氏出征

征く君に熱き新酒とおぼえけり

昭和十八年作。俳人石田波郷が応召したのは九月であった。入隊の前日、秀野は背中に赤子を負い、夫健吉と北浦和の波郷宅を訪ねた。雨雲の垂れ込めた中、目印の桐畑がなかなか見つからず、尋ね尋ねて歩き廻り、遅れて到着した。

波郷宅には俳句仲間が十人ほど集まり、入隊するための「断髪式」が終わったところであった。理髪師である石川桂郎が腕をふるって鋏を入れた。頭を青々と剃られた波郷の骨太の雄姿は文覚上人か西行を彷彿とさせるものがあった。

波郷と健吉のつき合いは健吉が改造社の「俳句研究」の編集者であった昭和十年に遡る。

石田波郷という一俳人がいなかったら、私は現代俳句に就《つい》てさほど興味をそそられることなく終ったかも知れぬ。それほど波郷という存在は現代俳句の中でも際立った魅力を漾《たゞよ》わせているのだ。

と健吉は昭和四十五年に記している。著者と一編集者という枠を超えてのつき合いで、寡黙な健吉と波郷はぽつんとした断片語で通じ合える仲であった。

秀野が波郷の「鶴」に初めて「八十八夜」六句と随筆「鎮魂歌」を発表したのは、昭和十五年であった。

秀野が横光利一の「十日会」で石塚友二や波郷と親交を結んだことにもよるだろうが、健吉は編集者としての勘で秀野の才能を早くから感じ取っていて、これを伸ばしたいと願っていたから、秀野の「鶴」参加は健吉の勧めが大いに働いているのは確かである。

「鶴」は俳諧の座における訓練のよくできた連衆が揃った結社であった。ただし、月に一回渋谷道玄坂「石川亭」に集まるのだが、鉛筆嘗め〳〵句帖と格闘、という光景は一度も見られない。一癖も二癖もある連中が大いに酒を飲み、談論風発。その中の紅一点が秀野であった。その紅一点がいちばん舌鋒鋭く、言い負かされて兜を脱いだ男は一人や二人ではない。

健吉は「波郷氏への手紙――連衆について」の中で「鶴」の句会について述べている。

秀野は月一回の鶴の集りというと何は措いても出掛けました。その日一日家庭の山の神を廃業し、安見のお守りを「愚亭」にまかせ、命の洗濯をして来たようです。だが、久しく私は鶴の交歓会で句を作ったという話をきかず、ビールなぞ痛飲し、女だてらにたった一人男の中に打交ってタンカを切ったというような話ばかりきかされました。句を作る会は別に横光さんの十日会があると言った感じでした。だが私に言わせれば、それはそれでよかったと思います。俳句を作るなんて可笑しくってしょうがないといった見幕で飲みまくる無礼講が、かえってその集りを心の寄り合った一つの連衆に形成したのだと思われます。妙なもので、句会では飲んでばかりいて句はちっとも作らなかったが、その中で延びる人は才能を延ばして行きました。俳句とはつきあいであり、謂わば伴侶藝術であるという意味を、これほど純粋に果している結社を、私は外に知らないのです。

家人病む

芽木の雨罨法の湯をたのみかな

昭和十九年作。健吉の古傷、結核が再発。咳と微熱に悩まされた。昔から木の芽時は持病が起きやすいと言われている。また、子の方は小児喘息がひどく一日じゅう、二、三十分おきに発作を起こし、顔が紫色になるまで咳込み、鼻血まで出すありさま。秀野は若い頃病気知らずで過ごしてきたので、どうしてよいかわからず、オロオロするばかり。胸に熱いタオルを乗せて温湿布するぐらいしかすべがなかった。

安見子中耳炎

桐の花あまき夜ごとは子に泣かれ

その上、追い打ちをかけるように中耳炎にまで襲われたのだが、日が経つのが薬だったのか、八月までには快方に向かったことが、大分の木村庄三郎（健吉の慶應における先輩で何かと相談に乗ってもらったり援助してもくれた人）へ送った書簡からも窺える。

要約すると、まずイリコの礼を述べ、次に安見の咳が漸くとれて元気になってきたこと、回復期なのか食欲旺盛で、父親の弁当の熱を取るためにうっかり卓袱台に開けて置こうものなら、パクリと一口やられてしまって困ること。七月中は物資不足甚だしく家族三人に対して二日分の配給がキウリ二本に茄子三つ。勇んで持ち帰ろうにも張り合いがない、今日は三越、明日は帝劇が今や今日は玉川、明日は奥多摩へ芋の仕入れと代わったこと、これらを愚亭に話しても馬の耳に念仏、等々と取り止めなくこまごまと綴っている。

また、夫と子の病気で三か月ほど句会を休んだが、そろそろ裁ち損ないかつ縫い損ないの、だぶんだぶんのモンペをはいて句会にも出席したい旨《むね》記している。

秀野は空襲をものともせず句会に出席していたが、石川亭などの料理屋が営業できなくなると、句会は表参道高樹町寄りの清水基吉宅で開かれるようになった。

江戸っ子である基吉の御母堂は秀野が「本日は愚亭に子守と留守番をさせて出て参りました」とスカッと言い切るところが小気味よくて、秀野のファンであった。時には健吉も句会に加わるので、母堂は秀野の背中から子を抱き取って句会の間じゅうあやしてくれていた。

この頃の健吉は俳句界のゴタゴタから逃げるように、改造社の「俳句研究」の編集長職を辞してしまい、吉田健一のいとこ伊集院清三の紹介で国際文化振興会に勤務していた。「鶴」が休刊になったのは昭和十九年九月であった。

子にうつす故里なまり衣被

昭和十九年作。女の子は喋り始めるのが早い。安見も二歳になって、日増しに語彙が豊富になってゆく。ひ弱なわりには口は達者なのか、放っておいても一人で喋っている子である。

秀野の家では早くから東京にも家を持ち、万事を東京風にして言葉などもいちいち直されたそうだが、秀野は幾度言われてもケロリとして時に奈良の方言を使っていた。言葉は親譲りのもので、親孝行、あるいは先祖孝行と思っていると、随筆「ほのぼのとした言葉」に書いている。それでも小気味よく機関銃のようにポンポン飛び出す言葉は、しばしば江戸っ子と間違われたから、言語において二つの故郷を持っていたのだろう。

オトマシ（さほど気にならないが一寸うるさい）

ウタテイ（厄介、オトマシよりやや重い意味がある。たとえば、家に年頃の娘がいるとする。将を射んとて近づく輩がいたりすると、親にとってはウヽタヽテヽエ奴が近頃殖えてきた、となる）

ヨサリ（夜になる）

ヨンベ（昨夜）

ケンズイ（お三時）

ハトッタ（閉口、困惑した）

モムナイ（まずい、モムナイ顔と言えば不美人の意。同じ悪口でもこの方が響き方が柔らかい。秀野の母由栄は「わしは先祖の家屋敷は跡かたもなくしたが、子供だけはモムナイ言はれるような生み方はせんかった」というのが口癖であった。）

懐かしいふるさとの言葉を衣被とともに口移しに子に与えていると心の中が満たされてくる。昼夜を分かたぬ空襲、聞こえてくる話も日常の生活も悪化の一途を辿っている中で、ふるさとの言葉で子と食べ物を分かち合う一刻は至福の時と言えよう。

子に関する他の句。

子の食物も得がたし

春雷や人につかはす酒五合

灯を消して子がひとり寝の春の雷

すがる子のありし浴みや夏の夕

親はと問はるゝに

片親に十とせ和泉の秋茄子

昭和十九年作。秀野はよほど茄子が好きだったのか。同じ題材で多くを読まないのに、茄子に関しては昭和十五年から二十一年までに七句作っている。

秋茄子や塩くちひゞく汁のもの　十五年
秋茄子やふるさとならぬ墓どころ　十九年
秋茄子の紫おもし親遠し　〃
茄子漬や煮花あやまつ膝のさき　二十一年
むらさきの泡がたちをり茄子漬　〃
背戸は御室川
茄子漬や砥に似た石を拾ひけり　〃

秀野の生家のあった天理は先祖の墓のみ残り、母死して十《と》歳《とせ》。泉州で医院を開業していた長姉藪タマエも、昭和十三年に四十歳の若さで幼子を残して没している。泉州には今も姉の遺児と義兄と父楢太郎がいる。タマエが新宿区河田町の女子医専に通っていた時、秀野は近くの余丁町の小学校に通っていた。二人で下宿していたらしい。

句に詠まれている茄子は和泉の特産の水茄子。この茄子に秀野は姉との特別な想いがあったであろう。

空襲昼夜を分たず

ものゝ芽に刻々の日のあはれかな

昭和二十年作。早春、二月頃であろうか。前年の十一月には東京にもB29の襲来があった。サイパン島陥落以来、坂道を転がり落ちるように戦況悪化、空襲連夜と詞書して、

星すめば寒夜の機音すでになく

とある。秀野も自宅の庭ににわか造りの防空壕らしき物を一応は設《しつら》えた。夫の健吉はスコップはおろか、シャベルさえ手にしたことのないような育ち。それに引き替え秀野は自称百姓魂と自負しているだけに、率先して掘った穴であろう。

庭に竈をつくる

啓蟄の土にかゞめる厨ごと

木村庄三郎に宛てた書簡に、この頃の秀野の一日が綴られていて面白い。

朝食は落ち葉や檜葉で御飯を炊く。幸いなことに子は寝坊助なので、起きてきて騒ぎ出す前に洗濯と朝食の支度を済ませる。子は朝食の頃起きてくる。夫は八時ちょっと前には弁当を持って出勤。午前中は掃除、洗濯、家の雑用は次々にあり、子をかまう暇もないからよく泣き出す。ウルサイ！　と叱り飛ばしているうちに昼。お握りを作って食べようとすると、必ず警戒警報のサイレン。それっ！　とばかりに作ったお握りやお菜を子に持たせ、穴に突っ込む。次に毛布とおまる持参で飛び込んで、しばらく穴居生活。

時折穴から這い出して用を果たすも、高射砲がバリバリズドンとくれば穴に逃げ込む。

警報解除の声に漸く這い出してきて、畳をもとに戻す。新聞紙を敷いて気をつけて行動したつもりでも部屋中泥だらけ。またまた掃除。

先に子に夕飯を与えて夫を待つも、なかなか帰って来ない。もしや、と不安に駆られる。家の外に出たり入ったりしていると、夫がヨレヨレになって帰宅する。退社時にB29の襲来でビルにカンヅメ、警報が解除になると東京駅は帰宅を急ぐ人でごった返し、元来人を押し退けて電車に乗り込めるようなタイプではないので、乗り遅れること幾度。それでも無事帰宅してくれてよかったと、毎夜胸を撫で下ろす。夜は夜で燈下管制。真っ暗で何もできない。

おおむねこのような日々の連続であった。

日曜日などは夫に子守をさせて秀野は芋の買い出しに行ったりした。どんどん痩せて、肋骨が一本〳〵数えられるほどだったと言うが、多くの国民はなべてこのようなありさまであった。

「今の主婦、殊に学齢前の子を持つ母親は十人が八人までみんなやつれはてゝいます。平和なんて胃袋からしか生れないのだと思います」と木村庄三郎へ書き送っている。

ブラックホールに吸い込まれていくような不安が冒頭の句の「刻々の日のあはれかな」に表現されている。

安見子肺浸潤を病む　二句

牛乳《ちゝ》買ふと山坂こえぬ虹の橋

昭和二十年作。あとの一句。

甚平のよその児にゆく眼かな

秀野は東京を離れたくはなかった。

三月十日、東京下町の夜空を焦がした炎は世田谷区大原の家からも見えたことだろう。「死にたくない。一日でも生き延びて果たしたい仕事がある」という夫の言葉には抗しきれず、疎開を決心した。

急なことだったので、疎開先と就職先を探すのは容易なことではなかっただろうが、ここでも木村庄三郎の世話で、島根新聞社（山陰中央新報社の前身）に職を得ることができた。

引越しと言ったところで荷を運ぶ手立てはもう無いに等しい。リュックに詰められるだけの衣類、みかん箱二つ、一つは書籍、いま一つは所帯道具と子供の玩具。

健吉は評論を、秀野は小説を志していたので、二人とも贅沢はしなかったが書籍代には糸目をつけず買い集めていた。収集した本の大部分を大原の家に残し、留守番を兼ねて石川桂郎が住んでくれた。しかし、五月十日の空襲で古本屋垂涎の的の書物は灰燼に帰した。

四月十七日に東京を離れ、大阪で途中下車し、岸和田に住む父楢太郎と姉アグリの所に寄った。この時、秀野は預けてあった書き溜めた小説をすべて焼き捨てた。

新しい就職先の島根新聞社に来てみれば、当てにしていた社員寮には入れず、数日間よその家を転々とした。またまた木村庄三郎の世話で、玉造温泉静巌寺の本堂の片隅を、ようやく借りることができた。

東京からの長旅と、居場所の定まらぬ日々は腺病質の子にはこたえて、麻疹と肺炎を併発。地元の医者にかかるも、米を持参しないと薬は出せないとやら、その薬も効き目ははなはだ心もとない代物であった。体調が悪いためか、子はしじゅうめそめそ泣いてばかりいる。

次に退役軍人の家の二階というより、屋根裏部屋に間借りする。

玉造は温泉地なので井戸水がなく、遠くの清水へ桶を担いで汲みに行き、飯炊きには山へ柴を取りに行った。お爺さんは山へ柴刈りに、おばあさんは川へ洗濯に、という昔話の世界である。近くの山ではよそもんが山を荒らす、と怒られるのでなるべく山奥へ入った。

疎開者として

八朔の温泉によそもの、母娘かな

村の温泉宿はすべて軍隊が徴発していて、市民は乏しい配給の中から兵士のために強制的に食料を供出させられた。不足を補うため、夫婦で山奥の旱田を耕し豆一合蒔いたものの、遠くて手入れもままならず、カラスの被害に合って収穫は一合であった。

夫は玉造から松江市内殿町の新聞社に通うのに時間がかかるため、朝七時に家を出て遅くならないと帰らない。子は体調不良と心細さから母の姿が少しでも見えないと泣き、体がだるいのか、常に背負われたがる。しかし、秀野とてもう体力も精神的にも限界で、子を背負うどころではない。

ある朝のこと。疲れ果てつくづく情けなく気が滅入っているところへ、子がいつになくしつこく纏いつくので、ウルサイ！ と手を払ったら木の葉のように吹飛んでそのまま動かない。驚いて抱き起こすと火のような熱。

秀野は咄嗟に、麻疹の時の医者では駄目だ。もっと腕の確かな医者。子を抱きかかえ、軍人専用の病院に駆け込んだ。

運を天に任せての行動だったが、幸い秀野の叫び声に玄関に出て来てくれたのが、松江では有名な小児科医であった。

丁寧に診察をし、子は重篤で予断を許さぬこと、入院して絶対安静にすべきだが、軍関係者以外は入院できない。したがって、家で安静にして栄養を摂るよう告げられた。薬だけは米何升持参しないと云々、ということなく出してくれた。秀野は一日おきに子の熱度表を持って、薬を貰いかたがた医師の指示を仰いだ。

栄養のある物など目にしたくてもあるはずもない生活であったが、病院に牛乳を入れている業者から分けてもらえた。おそらく医師の計らいであったろう。

熱度表に判で押したように三十九度と記していたのが、三十八度台になった時、八月十五日を迎え、秀野は赤鉛筆で「終戦」と書き加えた。

それから一か月後、軍は解散、病院は閉鎖された。

戦争が終わった、と喜んでばかりはいられない。軍人病院が閉鎖されれば牛乳が手に入らなくなる。牛乳を病院に届けていた牧場主が、取りに来るのであれば分けてくれると言うので、秀野は片道二十数丁の道を山坂越えて毎日のように出掛けた。

冒頭の句の虹はその時のものである。

疎開騒動と馴れない土地での生活の苦労で、何か月も俳句どころではなかった秀野であった。

虹は人の心に希望の灯を点してくれる。

雨上がりの雲間から太陽が射し込むように、子の病気に漸く快方の兆しが見えてきた安堵感と、句作への意欲が湧き出してきたのである。

国敗れて兵あり

秋あつし星章すでになき帽に

昭和二十年作。八月十五日、終戦の詔勅以後、軍は解散、階級を表わす星章は外された。玉造温泉に分散して駐屯していた多数の兵士達は、それぞれ故郷へと帰って行った。急に寂しくなった街に、国敗れて山河あり、の思いを深くしたであろう。

しかし、敗戦という形であれ、国民に残酷な犠牲を強いたいまいましい戦争は終わった。これからはどんな形にせよ、新しい世界が広がってくるのは確実である。

虚脱感と不安と希望が交錯した思いであっただろう。

新涼の蚤がせゝると板屋かな

昭和二十年作。静巌寺を出て間借りした二階は、秀野の随筆によれば、「天井板もなく荒壁は雨風に委せ障子さえない板敷の上に布団の形なりに古畳を置き、蓆の上で食事をしてゐた」とある。

芭蕉が尿前《しとまえ》の関で詠んだ、

蚤虱馬の尿する枕もと

を踏まえていよう。芭蕉はいぶせき小屋に泊まったように詠んでいるが、実は泊まったのは庄屋の家である。どうも俳人には誇張癖があるらしい。だから秀野の句も鵜呑みにするのは危険ではあるが、話半分にしても秀野の住まいは相当の茅屋であることは間違いないだろう。

この家では家主一家、特に娘と秀野が徹底してそりが合わなかった。娯楽の少ない小さな町のこととて、土地の女達は二人の女の戦いを面白がって、けしかけたり尾鰭をつけて噂を流し、諍いの種には事欠かなかったらしい。

同じ頃の句に、

わら砧暁さめやすき枕上

がある。何やら源氏物語の「夕顔の巻」の中の、夕顔の住まいを彷彿とさせる。

秀野は五つ六つの頃、急拵えの村芝居で観た「阿波の鳴門」の順礼おつるが、「野に寝ては犬に吠えられ、軒に寝ては人に叩かれ……」と流離の哀れさを訴える台詞を想い出し、心細さをつのらせていた。

草の葉に小さな首や穴まどひ

昭和二十年作。終戦により小さな生き物に目を向ける心のゆとりが生まれたものか。土地の者にとっては蛇は珍しくもないだろう。東京だとて同じであろうが、連夜の空襲騒ぎで蛇がいたのかいないのか、それすら気に止めるゆとりはなかった。久しぶりに蛇と遭遇したのである。誰の詩であったか、「蛇」という題で、「あまりに長すぎる」という一行詩が記されていたのをふと思い出した。

ファーブルのような視点で蛇を見つめたのか。蛇は秀野の生まれ在所近くの三輪神社の使者、ふるさとの風景が瞼に浮かんだのであろうか。

仲秋を過ぎても穴に入らず動きの鈍くなっている蛇を秀野一家に重ねるのは少し思い過ぎであろうか。

師走某日、この日判決下りたる島根県庁焼打事件の被告達の家族、徒歩にて刑務所に帰る被告を目送のため裁判所横の電柱の陰にたゝずめるに行きあひて　三句

編笠に須臾の冬日の燃えにけり

昭和二十年作。この句のあとの二句は、

冷さの手錠にとざす腕かな

凍雲や甲斐なき言をうしろ影

である。「島根県庁焼打事件」とは終戦の混乱の中、八月二十四日に起きた地方都市の小さなクーデターである。

「皇国義勇団」と称する右翼の青年達が県庁を焼打。知事、検事正を暗殺、新聞社通信局、松江変電所を破壊、放送局を占拠して自分達の志を全国民に告げ、終戦を宣言した天皇に

終戦の詔勅を撤回していただくという計画を立てた。

立案しただけでなく実際、女性を含む数十名が決起したのである。

檄文が市内各所に貼られ、武器庫から銃を奪い、県庁に放火。知事と検事正は脱出して暗殺は免れた。

島根新聞社も襲撃され、新聞の発行ができなくなり、変電所の送電線が切られたために市内は停電となった。

全国民に決起を促そうと放送局に集結したところを、駆けつけてきた警官隊によって全員逮捕された。先に「地方都市の小さなクーデター」と書いたのは全国的に広がらなかった、という意味である。

何故、全国民に訴えることができなかったのか。仄聞するところ、変電所を破壊して停電になったため、放送局も停電で機械が使えなかったのだとか。

青年達の主張が放送されていたら、クーデターが全国規模になったかどうかはわからないが、島根は関東、関西の大都市から見ると比較的空襲の被害が少なく、日本にはまだ余力があると思っている人があったとしても不思議ではない。

終戦の玉音放送のあった日、「戦争は煙草じゃげな」と言った人もいた。「煙草」というのはこの地方では「一服しよう」即ち一休み、休憩という意味である。

秀野は行き遭った被告とその家族の姿に、思想は逆の立場ながら、若き日に夫婦して飛び込んだ左翼運動と挫折、結果として特高に検挙された経験が脳裏をよぎったのであろう。長い詞書を持つ一連の句に、冬日、冷さ、凍雲、と冬の季語を並べることで記憶をよりいっそう浮かび上がらせている。

三句を順に追ってみると、被告を見送る家族の目線で詠まれていると思える。

一、列をなして編笠の被告達が近づいてくる。

二、編笠で顔は見えないが、目の前に、手に嵌められた手錠だけが冷たい光を反射している。

三、遠ざかって行く被告達のうしろ姿。その影に家族達は心の中で話しかける。

この三句で僅かな時間の流れを、一つの沈黙のドラマとして描き出していると言えよう。

松江大橋畔　二句

鳶の貌まざと翔けつゝ冬ざるゝ

昭和二十年作。二句のうちのもう一句は、

木枯や潮さからふかいつぶり

である。松江は西の宍道湖と東の中海を抱え、中海と宍道湖を結ぶ大橋川を挾んで市街地が開けている。松江城を巡る堀割の美しさとともに「水の都」と言われる。

松江大橋からの夕日は絶景である。

平野を吹き抜けてくる身を切るように冷たい北西の風を切り裂いて鳶が目の前を過ぎる。

「トンビさんて怖い顔してるのね」

満三歳になる子が大人びた口を効くのを面白く聞きながら、子の手を引いて秀野はこの橋を幾度渡ったことであろうか。

火桶抱けば隠岐へ通ひの夜船かな

昭和二十年作。玉造の軍の病院が閉鎖され、子の主治医は松江の日赤病院小児科に転任。子は危険を脱したものの、またいつ熱を出さないとも限らない。その上、夫の勤務先の島根新聞社へは玉造からの通勤は遠すぎる。秀野は松江に移ることを熱望していたが、松江南田町の初音館の一室が確保できた。

十一月廿一日松江南田町に転居

家うつりの車駆りゆく時雨かな

初音館は旅館が経営するアパート、と言うより下宿屋。大人二人がやっとすれ違えるような廊下を隔てて、四畳半や六畳の小さな部屋が薄い壁で仕切ってある、いわばトンネル長屋。当時四十家族が生活していた。

住人は島根新聞社の人が多く、出勤も帰宅もほぼ同じ。下宿用として作られたものを家族持ちが使用するので、共同の台所は狭く、トタン屋根をつけて建て増しをしてあった。朝の台所は主婦達でごった返す。小さな子が多いから、子を叱る母親の怒声と、ひっぱたかれて泣く子の声で大騒動、秀野もその中の一人、安見もその一人であった。

狭かろうが、喧しかろうが大家と店子という上下関係がない分、誰に遠慮もいらないし戸を閉めれば借りた四畳半は親子三人水入らずの空間であった。

到来物のおすそ分けや、美容院などに行く時はお互いの子の面倒を見たり見られたりと、助け合っていた。

相変わらず停電は多いものの、その合い間に夜には句作やエッセイ、手紙書きなどができる。そんな時、船の汽笛がボーッと聞こえる。隠岐への定期便か。今は境港から出港するが、秀野がいた頃は宍道湖の大橋のたもとから出ていたとか。冬の日本海は荒れやすい。欠航も珍しくないが、今日は沖も穏やかなのであろうか。

何年ぶりかで一家は落ち着いた年の瀬を迎えたのである。

短日の出雲訛りに湯ぶねかな

たれかれに便り書かばや年惜む

輪飾や凭る壁もなき四畳半

昭和二十一年作。松江初音館で迎えた新年、東京を脱して八か月余。ようやく落ち着いた居場所を得た秀野健吉一家であった。

四畳半は決して広い空間ではないが、親子三人が川の字になって寝るには十分である。壁際には鍋、釜を並べ、みかん箱に少々の食器、裏返せばたちまち卓袱台。嵩高《かさ》な物は部屋の隅に畳まれた夜具ぐらいなものである。

それでもここは誰に気兼ねすることもない、家族だけの空間である。

子供も健康を取り戻し、初音館の子等とはしゃぎ廻っている。言葉を覚えるのも生活に溶け込むのも子は早い。

安見子五歳出雲言葉に染みて

箸箱に箸ごせとかやお正月

ここは、秀野の苦手な主婦達の井戸端会議さえ我慢すれば、戦中の出産からこの年までの五年間で、いちばん心穏やかに過ごせた年末年始であった。

流離

はるけくも蘆まの雪に照る日かな

昭和二十一年作。空襲の恐怖のない久方ぶりに心静かな正月を迎えると、東京から玉造、松江へと来て、はるけくも、という感懐は自然と湧いてくる。

烏賊嚙めば隠岐や吹雪と暮る丶らん

後鳥羽院、後醍醐天皇等の貴種流離に思いを馳せ、わが身の上を重ねたりしている。

寒さのわりに松江の積雪は多くない。土地の人の話では、十センチも積もるのは十年に一度ぐらい。もっとも秀野がいた時代は今のような温暖化ではなかったろうが……と語っていた。

冬の山陰の空は猫の目のように変化する。先ほどまで降っていた雪が、さっと射し込む陽の光を受けて輝く。枯葦の黒との対照が一幅の墨絵となる、と、それもつかの間。にわかに曇って稲妻が光り雷鳴が聞こえる。見上げる空には一瞬前の太陽が雲に覆われ、黒い雲を金色に縁取っている。

山陰は厳しい気候風土であるだけに、その中で生きている人々は土地に馴染んでしまえば人情はこまやかである。

俳句「鶴」の仲間や松江で秀野に心を寄せる人は、時折秀野夫婦を招いてくれたりした。

宍道未亡人邸

隠栖の松荒れてよし置炬燵

古津隆次郎氏を訪へば

食べ酔うて記帳はじめの暮れにけり

疎開者としての一家にとって、これらの人々との交流は一条の光であった。

俄に入院　二句

三日在りて灯なき病舎に寒の雨

昭和二十一年作。あとの一句は、

待春や病舎に菜売りたまご売り

である。戦前から終戦までのこの十年、苦労の連続であった。秀野の姉妹は、秀野は自分の食物を削っても夫や子に食べさせていたと、口を揃えて語っている。

秀野は夫より自分の方が丈夫だと自負していたのだが、漂泊と仮住まいは想像以上に秀野の体力を消耗させた。病名は不明だが、昭和十三年にも大病を、十八年には腎臓を患っているから、秀野が自称するほど丈夫ではなかったのである。

子が泣けば父が飯炊く寒燈

銭湯へ父子がつれだち日脚のぶ

昭和二十一年作。病臥している秀野に代わって夫が子を銭湯に連れて行く。元気な時は何気なくしていたことでも、病気となるとそうはゆかない。はしゃぎ廻る子を風呂に入れることもひと仕事である。

子も、父親なら風呂でうるさく言わないで遊んでくれるから喜んでいる。足の早い父に遅れまいと、必死で跳ねるように後を追っていく。

見送る秀野はふと、少し前までは今頃はもう真暗だったのに……と。父と娘の影が夕暮れの中を遠ざかって行く。

うつし絵の父娘みめよき生身魂

などと詠んだ秀野である。よき眺め、なかなかよい景色と見送ったことであろう。

桔梗五郎氏比島に病死とのみ人づてに聞くありし
おもかげに　三句

雪の銀座論が果つれば酒さめぬ

昭和二十一年作。あとの二句は、

寒の水のまず逝きしがあはれかな
もの書けば君を見ぬ世の春寒し

である。桔梗五郎は秀野健吉にとって、かけがえのない大事な友の一人であった。「桔梗君、僕は君を失ったというだけでも、この戦争を呪ってもいいと思う。」昭和二十一年、「批評」十月号の健吉の「桔梗五郎を祭る文」の中の一節である。前に、横光利一の「十日会」に秀野を紹介したのが桔梗五郎だったと書いた。秀野の冒頭の一句は横光利一の、

雪の銀座もとの一人となりにけり

の句を踏まえ、それに和する心に、桔梗五郎の俤を重ねているのだ。

桔梗は健吉の勤務する改造社の雑誌、「文藝」の編集者であった。氏は誌面に清新なプランを注ぎ大胆に新人を起用した。中山義秀は彼に見い出され、育てられた作家である。「文藝」に匿名の書評欄を設け、批評を書くすべをまだ心得ていなかった健吉に、書評を書かせてくれたのは氏であった。

伊藤新吉一家が上京して来てしばらく笹塚の秀野健吉宅に逗留した。その時、健吉が伊藤と二人で密かに相談したのは文藝批評専門の雑誌を出したい、出そうじゃないかということであった。伊藤はすでに著書もある、れっきとした新人批評家であったが、健吉はまだ「文藝」に匿名でブックレヴューしたに過ぎなかった。

健吉はすぐ桔梗に相談し、氏の勧誘で西村孝次、吉田健一等々「批評」の中核となる人材を集め、小林秀雄その他を囲む毎号の座談会も氏のプランであった。

「批評」創刊のその日、桔梗は応召され、氏自身は一度も作品も批評も書くことはなかった。だが、常に書く者への注視者であり、書く者の育成者であった。

友を失った秀野健吉の悲しみが、腹の底から絞り出される慟哭となってこの三句は生まれた。

立春の雪のふかさよ手鞠唄

昭和二十一年作。雪が少々多くても、子は元気に初音館の子等と手鞠をついている。童唄が聞こえてくるような一句である。

年の豆あそびつかれの子を膝に

前日の句か。秀野の病はまだ癒えた訳ではないが、入院で離れていた分、子は甘えて膝に乗ってくる。子の口に節分の豆を運び入れてやっているのか、雛鳥に餌を与えるように。

病中起臥まゝならぬに

春寒や一枚布子ひき被ぎ

昭和二十一年作。詞書に「病中起臥まゝならぬに」とあるから、秀野は立春を前に退院はしたものの、病状は思わしくなく、時に熱を出して悪寒に襲われたのである。幼子を家に置いての入院では完治するまでの治療は望めなかったのであろうか。

疎開者ゆえ、夜具も衣類も少ない。ない中から布子一枚ひき被ぎ、震えが治まるまでじっと耐えて待つ以外すべがない。そのような自分にも実は苛立っているのだ。

雨漏の壁のひまより冴えかへる

昭和二十一年作。秀野一家が住んでいた初音館は建物としては古い。もともと学生相手の寮であったから、建てつけもそれなりの出来である。

雨漏りはおろか隙間風も入り放題。それでもこの時代、屋根のある住まいに住めただけでも幸運であっただろう。

天井や壁についた世界地図模様から、しんしんと冷えが伝わるのを感じる。少しばかりの寒さはものともしなかった秀野であるが、病後の身にはこたえたのであろう。

白魚にすゞしさの眼のありにけり

昭和二十一年作。白魚とは、また上品な魚が手に入ったものである。戦前の東京では佃島が白魚漁で有名であった。東京生活の長い秀野夫婦にとって懐かしい食材である。東京が第二の故郷だから何でも東京の想い出に繋がる。松江もまた白魚が名産なのである。秀野は自他ともに認める悪筆だったので、色紙や短冊には滅多に書かないのだが、この句は松江を離れる時、旧制松江高校の俳句部の森川辰郎に請われて認《したた》めた。松江高校は当時俳句活動の盛んな学校で、「みづうみ」という俳句総合誌を出していた。戦争で中断を余儀なくされたが、終戦後の二十年十一月には早くも復刊したほどである。俳句会部長だった森川辰郎は、東京から俳人が疎開して来ていると聞き、「みづうみ」への原稿を依頼するために初音館に秀野を訪ねて来た。秀野は原稿のみならず、句会への出席も快諾した。

秀野にとっても若い青年達への指導は清涼剤ともなった。と言っても、七月には松江を離れたので、五月と六月の二回しか句会には出席できなかった。

この句会で秀野は、一高校生の〝老鶯〟を詠んだ句を槍玉にあげてつるし上げた。今は立派な俳人になられて後進の指導に当たっておられる人なのだが、一生忘れられない辛い思いをさせてしまった。その時、勢いのおもむくままに舌鋒鋭く虚子批判をしたものだから、秀野は虚子嫌いと早合点する向きもあるらしい。秀野は愛する者に対して容赦がないのである。夫健吉なども常にその嵐に晒され、傍の者は度肝を抜かれていた。

余談ながら、山陰の地にあって俳人以外の人達の間でいま一つ秀野が受け入れられなかったのは、封建的モラルの地にあって、人前も憚らず亭主をこき下ろすのを見苦しいと取られたためである。

師である虚子に対する秀野の思いは、「鶴」山陰支部の雑誌「雲」に執筆した随筆「道」によく表現されている。

おそらく松江高校の生徒達に虚子の亜流、似て非なる句を作るな、もっと冒険しろ、若さをぶつけたような句を作れと言いたかったのであろう。

他の白魚の句二句。

白魚の沈む波かや月あかり

こと欠くをこのごろのならひにて

白魚に濃き塩汁といふなかれ

船上山麓にて

風花やかなしびふるき山の形《なり》

昭和二十一年三月十一日作。この日秀野夫婦は子を背負い、鳥取の下市に住む末次雨城を訪ねた。

山陰へ疎開する時、知り人とてない土地へ行く一家を案じて、石塚友二が「鶴」の同人古津杉雨に手紙を書いてくれた。その縁で、この地の「鶴」の仲間である末次雨城、光木正之、宮本白土、門脇顕正らと親交を持つことができ、一家はどれほど助かったかしれないのである。

　末次雨城は下市駅まで出迎えてくれた。小雪のちらつく春とは名のみの寒い日であった。暦の上では春でも、山陰の地では春はまだ遠く、冬の季語がふさわしかったのである。

　子を背負った秀野の歩みは遅く、雨城と健吉はたびたび立ち止まって待ったりした。が、秀野は二人の男を待たせていることなど眼中になく、悠然と残雪の大山や船上山を見上げている。大山は円錐形で富士にも似て美しい。雨城宅前でしびれを切らして待つ二人に追いついて、「やっといい句ができた」と眼を輝かせた。

　それが冒頭に掲げた船上山の句である。

　船上山は標高六八七メートル。元弘の変により、隠岐へ流された後醍醐天皇が隠岐を脱出した後、伯耆の名和長年に迎えられ、しばらく滞在した山。今は船上山行宮跡として史跡になっている。秀野は配流の身の天皇の心情を推し測り、疎開者としてのわが身を重ねたのである。

　秀野の没後、山陰の「鶴」の連衆が秀野を偲んで、毎年祥月命日に下市駅前のうどん屋に集まって追悼句会をしていた。

昭和二十八年の秀野の七回忌には石田波郷、石塚友二、清水基吉等も東京から駆けつけ、米子の光西寺で法要を営み、句会を催した。

病み古りて踊む心やきりぎりす　波郷
秀野忌と燃えにぞ燃ゆる曼珠沙華　友二
鶏頭の朱の秀野の忌となりし　基吉

山陰日日新聞が一面全部を使って秀野忌の特集を組んだことにより、秀野顕彰の機運が一気に高まり、「鶴」の連衆の拠りどころにと八回忌に向けて句碑建立の話がまとまった。

昭和二十九年九月二十六日、鳥取県西伯郡大山《だいせん》町田中にある中里神社の境内で、〈風花や……〉の句碑の除幕式が執り行われた。碑は地元を流れる甲川の自然石で作られた。丸みを帯びた石には、石田波郷が揮毫した字が刻まれた。

除幕式当日は、のちに洞爺丸台風と呼ばれた台風が、九州、山陰、北海道へと超スピードで駆け抜け、その余波の天候の中で除幕された。

その後、山陰の「鶴」を中心とする俳句仲間は句碑を秀野の墓に見立てて、秀野の好きだった酒を注ぎ、下市駅前のうどん屋で毎年追悼句会をしていたのである。

雪折の竹裂くるより切通し

末次雨城庵　二句

前句と同日の作。あとの一句は、

うま酒の伯耆にあれば春寒し

である。雨城宅では貴重品であった酒が振る舞われ、俳句論に熱が入った。

夫健吉は下戸に近くお猪口二、三杯も飲めば一人で一升飲んだような顔になり、呼吸も苦しくなる。五斗飲んだとやらで、「五斗又」などと言う異名を持つ大酒飲みを先祖に持つ秀野は、五合は軽くいけると言って、

「主人の分は私が……」

と盃を重ねる。飲むほどに俳論のボルテージは上がる一方。

雨城が頃合いを見て色紙を持ち出し、秀野に揮毫を求めると、それまでの威勢はどこへ

やら、急に小さくなり、

「字が下手糞で……その儀ばかりはどうか御勘弁を……何とぞ……何とぞ」

何が何でも色紙を書かせたい雨城と、恐懼して頑なに応じない秀野との間で色紙が行ったり来たりする。

「でも……まあ、記念だから……」

見かねた夫のとりなしでようやく腰を上げ、手下げ袋の中から句帖を出して夫に見せる。この日の三句の中から健吉が選んだのが「うま酒の……」の句であった。貴重な酒を惜し気もなく出してくれた雨城に対する挨拶句である。

秀野にとって夫健吉の鑑賞眼は絶対であった。夫が、これは良し、と認めればそれが最高なのである。そのようなところが、言うに言われぬ可愛い女だったのであろう。

秀野は書家のような字を望んでいたわけではないが、字が下手なのは相当気にしていた。毛筆や和紙に馴れようと、鼻紙のような粗末な紙に、筆で手紙などを書くように心掛けていた。それでも、

「恐ろしく字の下手糞な女だったなあ」

と、西東三鬼は思い出としてよく語っていた。

雨城宅を辞する時秀野は、

「お米の都合がつきましたら、いかほどでもお願いします」

と、すがるように深々と頭を下げた。

「何とかして……」

と雨城は言ってみたものの、村長をしていた氏でさえ米ばかりは思うに任せない時代であった。せめて、と雨城夫人が持たせてくれたさつま芋を背負って、親子三人は山陰本線下市駅へと五キロの道をトボトボと帰って行った。

芹なづな海より暮るゝ国ざかひ

昭和二十一年作。松江の宍道湖に沈む夕日の美しさは有名である。松江から眺めると、宍道湖側は国ざかいとは言えない。反対に大橋川を挟んで中海は鳥取と島根の県ざかいである。

夕日の沈む西より東の方の空から暗くなるので「海より暮るる」と詠んだのであろうか。詠まれた場所の詮議はさておき、広やかな景色が瞼に浮かんでくる句である。

この句のあとには、しばらく病や生活苦から解放された穏やかな句が並んでいる。

弥生尽烏賊が墨吐くはしりもと

あそびの輪ぬけし一人に陽炎へる

四五人が酔へばまことや朧めき

啓 蟄 の 蜥 蜴 毛 虫 に 木 影 か な

山陰にて

旅なれや花にさむしと書くばかり

昭和二十一年作。山陰の地は秀野にとって一時の仮の宿、漂泊の地である。筆まめの秀野は友人や俳句仲間に、往来もままならないのでなおのこと、山陰の花時の寒さと流離の侘しさを認《したた》めたのであろう。この句に前後して、

あさざくら鳶の片羽を雲まかな

こまどり喫茶店

櫻餅濡れて入り来し扉かな

の句がある。

子は飯を母は粥煮て花の雨

昭和二十一年作。元気な子には飯を、体調不良の母は粥を、と取れなくもないが、米が貴重なので、子には御飯を十分に、親は量を増すために粥とも考えられる。

実際この時代、米粒は子に取っておき、親は豆や芋で代用した家庭も少なくないのである。

故郷に生産農家を持っていないと、家族を養うのも容易ではなかった。

松江市メーデー行進の各団体代表に共産党より造花を贈らる

千人が花の息吹の労働祭

昭和二十一年作。この句のあとに、

子を守るや雨のあなたのメーデー歌

が置かれている。この年、メーデー復活。戦中、抑圧されていた分、解放されて多勢の人々が参加した。共産党も意気盛んであった。

青春の一時期、左翼運動に身を置いたことがある秀野夫婦は、行進やメーデー歌を複雑な思いをもって眺めたことであろう。

句評をもとめられて

ちび筆に俳諧うとし春の風邪

昭和二十一年作。旧制松江高校の俳句部から俳誌「みづうみ」に句評をもとめられて、「春の風邪」にかこつけて言い訳をしているのだ。

秀野は高校生から見ればかなりの年増ながら、俳句部の生徒たちの憧れのマドンナになってしまっていた。

「みづうみ」の俳句例会には疎開先へ持って行った、たった一枚の晴れ着を着て出席したのだが、その日秀野に接した世古諏訪は、後年、これは着物と言うより「これぞお召し物」と思ったと回想している。

二十一年三月に波郷の「鶴」が復刊したものの、すぐ休刊、遅刊、合併号などとはかばかしくは刊行できない。「みづうみ」に寄稿することで欲求不満を紛らしたことであろう。寄稿した句は十句を越える。

京へ移ってからも「そのうち又、松江へ参ります。今度は句会でもしましょう」と、「みづうみ」俳句会宛に送っている。

松江高校の生徒たちとの交流は短かかったが、かけがえのない清々しい想い出としていつまでも秀野の胸に残っていた。

途上散見

紅毛にハロウうたてき春の雨

昭和二十一年作。日本は戦争に敗れた。松江ではどの程度だったのかわからないが、東京銀座では、道路標識も店の看板も英字に書き替えられた。三越や和光など焼け残った大きなビルはすべて接収され、日本人は入ることもできない。

若い女の子の中には、ついこの間まで化粧っ気なしでもんぺ姿だったのが、派手なスカーフを被り、真紅な口紅をつけ、時に米兵の腕にぶら下がるようにして歩いていたりする。戦時中は英語は敵国語であるから使うことも学ぶことも禁止されていた。ゆえに、話せる言葉は僅かである。ハロウが簡単でもっともよく使われていたのか。道で「ハロウ、ハロウ」と喧しい。

国が敗れるというのは、こういうことなのである。

秀野は国粋主義からはほど遠いが、大和の血を受け継いでいること、ひいては日本人であることに誇りを持っていた。

「ウタテキ」は秀野の生まれ故郷の言葉で、「ウタテエ」はおなかから吐き出すくらいに重苦しくうるさい、の意である。

秀野の母由栄がよく使っていた言葉を活かして、目の前の路上風景を表現した。

青蠅や食みこぼす飯《いひ》なかりけり

子にさとして

昭和二十一年作。子は箸の持ち方がおぼつかないということもあるが、食べこぼしのすこぶる多い子であった。

「ほら、またこぼしてる、何度言ったらわかるの、うちにはね、こぼすような御飯はないんですからね！」

とか何とか、叱り飛ばされていたのであろうが、それでも子はこぼす。こぼした飯に蠅がたかる。いつも繰り返される食卓風景である。

喚き散らす秀野の声もまた蠅のようにうるさいのも事実である。

秀野は体調も少しは落ち着いていたのか、子に目が向くようになり、子を詠んだ句が並ぶ。そのほかの句。

あめ五粒ほどを購ひて

柿若葉くちはた濡れて稚児よろし

母と子に影冷えて来し風車

留別

青嵐いづこに棲むもひもじけれ

昭和二十一年作。戦争が終わったからと言って、食糧事情がすぐによくなったわけではない。ほとんどの国民はひもじさを抱え、生きるのに必死であった。何でもいいから、腹いっぱいになるまで食べる、これがすなわち御馳走であり、贅沢なことであった。「平和なんて胃袋からしか生れない」は、秀野の実感である。

この頃、夫健吉が京都日日新聞に職を得てにわかに京へ移ることになったため、親しくなった山陰の人々への別れの句である。

東京を離れることを嫌がる秀野を無理に説得して山陰へ来たのに、戦争が終わると忽ち東京へ戻りたがったのは夫健吉である。健吉には、殿さまというニックネームが示すようにのんびりした面と、思いついたらよく考えないで行動する面があり、落ち着き屋の慌てん坊と友人知人から言われる所以である。

世の中が落ち着くまで松江で辛抱していればよいのにと思わないではないが、飛んでる女のような秀野ではあるが、最終的には常に夫に従って翻弄されていたのである。

もっとも秀野も京への家移りには希望を託していたことが俳誌「風」の中西舗土宛の書簡に窺える。初音館が、世帯が多く人も多いので夜遅くまでうるさいことを述べたあと、「京都は（山陰に比べて）まだしも東京に近く、土地には顔を知った方もあり、気候もこんなにじめじめしていない点、健康もよく《ママ》なると存じます」と結んでいる。

また、随筆「山ぎはゝ時雨」の中で秀野は、

京の辻辻には飢ゑて死ぬのを待つ人々が倒れてゐるから、と云ふ山陰での噂は小さ

い子供を持つ私たちの心をにぶらせた。が国が敗れた今日、ひもじい話は日常の挨拶のやうなもので日本中どこへ行つてもついてまはる。いつそひもじい肚の中に知恩院の鐘の音を滲みこませませうと言い放つて出て来た。

と記している。

多くの知人が秀野を肝が据わった女と評する。しかしこの頃、親友の田中澄江には時折本音を吐露した便りを出していたようである。

東京にいた頃には秀野の方が姉さん格で、澄江をたしなめたりしていた。だが、この頃の秀野のあまりに侘しい便りに、澄江は初めて秀野を抱え込んで庇ってやりたい衝動に駆られたと言う。

この句の前の句。

ひもじさの同じ便りや青嵐

牛尾夫人へ

鮎鮨やふるき厨にみやこぶり

昭和二十一年作。松江を去るに当たり、牛尾三千夫夫妻に招かれて、一家で二泊ほど滞在している。

冒頭の句はその折の七句の内の最後の句。他の六句は、

石見市山村　七句

老鶯や峠といふも淵のうへ

鮎打つや石見も果ての山幾つ

鮎のぼる川音しぐれと暮れにけり

種鮎とはおとり鮎のこと

種鮎に水打ち終へし夕心

鮎稚し空より淵の澄めるかな

牛尾邸二泊

短夜の襖に影もなかりけり

である。牛尾三千夫は、国学院大学で折口信夫に民俗学と短歌の薫陶を受けた人である。家は石見の近くの江津《ごうつ》市桜江町の八幡神社の社家で、島根では民俗学者として神楽の研究で有名な人物である。

慶應と国学院と学校は異なるが、夫健吉とは同じく折口門下である。おそらく折口先生が知人の少ない疎開先の弟子の身を案じて、松江に健吉がいるということを知らせ、何かと頼むと便りをしてくれたのだろう。

「石見も果ての山幾つ」とあるから石見銀山に行ったというより、山陰本線でその先の江津で三江線に乗り、桜江町にある牛尾邸へ行ったのであろう。桜江町は地図で見ると江津よりかなり山奥である。八戸川が流れ千丈渓とか白藤滝の名が見える。

水清く風光明媚で鮎が自慢の地だったのであろう。牛尾邸と牛尾夫人への句は、鮎料理で一家を歓待してくれたことへの感謝を込めた挨拶句である。

七月十四日、玉造温泉なる木村庄三郎氏夫妻の仮寓に至り別れを惜しむ

髪洗うて温泉《ゆ》にもうたるゝいとま乞ひ

昭和二十一年作。疎開する時は四、五年はいる覚悟で来た山陰であったが、十五か月余でこの地を去ることになった。

木村庄三郎氏夫妻の仮寓とは、即ち秀野一家が山陰に来て初めて居を得た静巌寺のことである。もともとこの寺は木村夫妻が借りていたのを一時的に貸してもらったのであった。秀野の随筆「流離」の中で、住職との間に齟齬を生じて出て行かねばならなくなったように書かれているが、木村夫妻が山陰に帰って来るので明け渡さねばならなかったというのが真実らしい。

先代住職夫人は秀野の幼い娘を膝に乗せて、あみちゃん、と呼んで可愛がってくれたり、寺の庭の一隅一坪ほどを借して野菜を作ることも許してくれていたし、檀家からの到来物のおすそ分けもしてくれていた。先代住職が秀野の随筆に、一宿一飯の恩義という言葉も

あるのに、と怒ったとしても無理からぬ話である。

秀野が土地に馴染めなかったのも、玉造の婦人達から見れば一風変わった女に見えたであろうし、秀野は秀野で郷に入らば郷に従うなどという器用さは持ち合わせていなかったから、誰が悪いという話ではないのである。

この句には木村夫妻のみならず、悲喜こもごもの思い出のある玉造の街、ひいては山陰の人々への惜別の情が込められているのだ。

鳴滝といふに一時の宿りを得て

斑猫や松美しく京の終《はて》

昭和二十一年作。七月二十日に松江を離れた秀野一家は、とりあえず洛西鳴滝宅間町に旅装を解いた。

鳴滝は今でこそ京都市内へ通勤のベッドタウンと化しているが、平安の昔から貴族の別荘や寺院が点在した寂しき所であった。

斑猫の導くままに来てみれば、ここは京のはて。松江のような城下町から来た身にはあまりに鄙びた佇まいに愕然としたことだろう。

「はて」に終の字を当てたのは秀野の大和への郷愁であろうか。生れ在所の天理へ向かう奈良線に「京終《きょうばて》」という駅がある。奈良駅の次の駅で、いかにも奈良の町外れ、小さな無人の駅で、木造の駅舎の前に丸い赤いポストが印象的な駅である。鄙びたところはよく似ているが、奈良のはてと京の北方のはての違いからか、漂う空気はかなり違っている。

このたびの引越しも疎開する時と同様、さしたる住まいの手当てもなされていなかったのではなかろうか。よほど住まいに窮しなければ、ここまで家を探しには来ないだろう。鳴滝は健吉の勤務先の京都日日新聞へはかなりの距離なのである。

極楽トンボを絵に描いたような夫の「何とかなるさ」に常に翻弄され、だか何ともならず秀野はいつも辛苦を味わう。誰の紹介ではるばる鳴滝に行ったのかは、今となっては不明である。

平安の后妃の墓に朝の虹

ひとの家のぞきこみゆく墓参

戸障子さへとゝのはぬに

昭和二十一年作。鳴滝という滝は今もある。周山街道に面したモルタルのアパートらしき建物の脇に入口がある。草茫々の危っかしい小径の石段を降りると、昭和五十一年建立の芭蕉句碑が建っている。滝全体を見下せる猫の額のような場所があるが、おそらく訪れる人はまれな滝であろう。

滝自体は二段になっていて、高さはそれほどない。対岸には磨崖仏があり、小さな祠らしき物が見えた。滝壺には足場が悪そうなので行くのは諦めたが、小さなわりには深そうに見えた。

鳴滝近くに昔から住むという古老に話を聞いてみると、鳴滝には人が住めるような家も小屋もなかった。もし住んだ、と言うのなら、鳴滝より上流にもう一つ滝があって、修験者がよく滝に打たれていたし、自分達も子供の頃そこで泳いだりして遊んだ。修験者のための掘立小屋のようなのが一、二軒建っていたのを覚えている。昭和二十九年の大水害で川の流れが変わって滝も小屋も今はない。そして、

「あんな戸障子もないような家に人が住めたんだろうかねえ、へーえ」

と言った。

このあたりは寺が多い。ということは墓も多い。墓参りの往き帰りに、こんな所に人が、と、珍しさも手伝って無遠慮に覗き込んでゆく人もあったのであろう。


一年ぶりにともかくも我家と名づくものを持ちて

三尺の窓に釘さすひるねかな

片よせて宵寝の雨戸夜の秋

ともあれ、この家は東京を脱出してのち寺の片隅、下宿屋を転々としたが、粗末ながら

家と呼べる初めての住まいなのである。

書きだめて手紙ふところ青田道

昭和二十一年作。秀野は驚くほど筆まめであった。

東京の句友、とりわけ「鶴」の仲間や金沢で俳誌「風」を創刊した沢木欣一、山陰の人々に手紙を認《したた》めて遠くのポストへと出しに行く。

道々、あの顔、この顔と思い浮かべるだけで心が弾む。青田を吹き抜ける風の、何と心地よいことか。

松江にいた五月に、沢木欣一から「風」の創刊号にと依頼されていた随筆が書けず、春からの風邪が長引いてなかなか咳がとれないので、句稿を送ると「風」の同人中西舗土に書き送っている。

この頃から秀野の健康には翳りが出てきたと思われるが、少々のことにはへこたれない、と自負するだけあって、鳴滝でも明るく前向きに生活を始めたのである。

ひとかゝへ濯ぐより蟬鳴きはじめ

昭和二十一年作。秀野は夕食後、子に添い寝して休み、夜中に起きて句作、手紙書きなどをして再び寝る。明け方子を起こしてトイレに連れて行き、自分はそのまま起きて洗濯を済ませ、朝食の支度と夫の弁当を作るのが日課となっていた。

鳴滝の住まいは「背戸は御室川」とあるから、家の裏は川。玉造同様、ここでも朝の薄暗いうちから川で洗濯をしていたのであろう。

濯ぎ終える頃、夏の強い太陽の光がサッと一筋、と、蟬が一斉に鳴き始める。

大和路に入る

陵は早稲の香りの故郷かな

昭和二十一年作。九月八日、秀野は西東三鬼に誘われて奈良公園そばの旅館日吉館で開かれた「奈良句会」に、子を背負って夫婦で出かけた。

日吉館は今はないが、木造の小さな旅館ながら多くの文人や学生達に愛された老舗旅館である。建物だけは今も残っている。

旅館が狭いので句会のメンバーそれぞれに個室というわけにはゆかない。男女に別れて蚊帳で寝た。秀野は橋本多佳子と同室で、奈良国立博物館の仏像を一緒に観たりした。

多佳子は秀野より十歳年長。俳句においても女としても、先輩として秀野の意識の中には常に多佳子はあったであろうが、二人にとってこの時がまさに一期一會であった。

四十を越えた多佳子の美しさに誘発されたのか、七部集にある「四十は老のうつくしき際」と書かれているのを想い出したのであろう。随筆「老のうつくしき」を同年「吾嬬」十月号に寄稿している。昨今の四十と違い、この頃は四十と言えば立派な老人だったのだ。秀野の夫健吉も年が明ければ四十、二つ違いの秀野とて四十という年を意識せざるを得ない。「老のうつくしき」の中で秀野は、

本当に美しい女は四十になつてからが美しい、かう云つたのは家のあるじで、十八、九年連添ふ女房に浴衣一枚選んで買つたこともない男である。―略―やがて訪れる四十が老のうつくしき際なら、五十の静かさを願ひ、六十は浄らかに、それより後はもう私自身にも分らない忘却のやすらかさが待つてゐてくれるであらう。

と記しているが、四十を迎えることがなかったことを思うと、感慨深いものがある。

橋本多佳子夫人とありて

別れ蚊帳老うつくしきあしたかな

昭和二十一年作。多佳子は秀野のことを、

「美しい人で安見子ちゃんを背負つた紐が細い肩をしめつけてゐたのが忘れられない」

と述懐している。

痩せて小さな子でも、満四歳ともなるとそれなりの重さ大きさがある。常に背中にくくりつけているのは大変だったであろう。虚弱なわりにはちょこまかと駆け回って、少しもじっとしていないので、背中にでもくくりつけていないと心配なのである。

奈良は天理に近い。大和を訪れた、というだけで秀野の心は弾んだ。そのためか、奈良句会では秀野らしい華やかさのある句が多い。

鐘鳴れば秋はなやかに傘のうち

東大寺

大仏殿にて

香煙や祖《おや》かくありし昼の虫

白芙蓉しだいに灯恋はれけり

會津八一先生の軸をかけし宿にて

青柿に道人も覚め在しけん

奈良公園に古屋ひでを氏を探し得たり

樹下半跏即ち句なり秋の蝶

昨夜古屋ひでを庵の軒と知らず過ぐ

老杉の月の影ゆゑまぎれけり

三月堂

ひやゝかや日月古りし菩薩たち

九月廿日陽明文庫に折口信夫先生をむかへて

かな〳〵や緋の毛氈に茶をたまふ

昭和二十一年作。夫健吉の慶應義塾大学での主任教授であり、秀野にとっては文化学院時代、聴講生として講義を聴いた恩師が京に来られたのだ。

陽明文庫は、藤原北家の嫡流で五摂家の一つである近衛家に伝わる古文書、古記録、古典書籍などを長年にわたって保存している文庫である。昭和十三年に近衛文麿によって、京都市宇多野に財団法人として設立された。

折口先生は九月六日から十七日まで佐渡に旅行され、その後、年譜によれば十九日から十月二日まで大阪に滞在されている。この時に京都の陽明文庫に来られたのであろう。

疎開により師弟は別れ別れになっていたが、宇多野と鳴滝は近いので、秀野健吉は何はさておいても駆けつけ、再会を果たした。

先生には何からお話すればいいのか、積もる思いに夫婦はもどかしい思いをしたであろう。

師もまた弟子の身を案じておられたであろう。学生結婚をしたこの夫婦の、なれ初めから見守ってこられたのだから。

世渡りの不器用な健吉の資質を見抜いて、「石橋君は学者的ポーズを身につけた方がいい」と師は常々言っておられたとか。

カナカナの聞こえる中で、ともにいただく一碗の茶に、平和が訪れた喜びがひしひしと込み上げてきたであろう。

僧顕正氏の心づくしに

栗ぎんなんまろべばたのし京にゐて

昭和二十一年作。顕正氏より届いた小包を開けると、栗やぎんなんが転がり出てきた。

「まろべば」に活き活きした喜びが伝わってくる。

氏は松江時代に知り合った「鶴」の同人で、何くれとなく秀野一家を心にかけてくれていた。

玉造での寺の仮偶生活を記した秀野の随筆「流離」にすっかり同情したことにもよるが、俳人としても秀野に学ぶことも多く、つき合いは山陰を去ってからも続いていた。

秀野の没後は「風花や……」の句碑建立に尽力した人である。

栗もぎんなんも夫健吉の好物、夫の好きな物をいただくと秀野は大喜びをして、自分は食べなくても大事に取っておく。人前では何のかんのと亭主をこき下すわりには夫思いである。

また、物がない時だからこそ、いっそうありがたく思われた。心を尽くしてくれた顕正氏への挨拶句である。

夜を寒み髪のほつれの影となる

昭和二十一年作。何しろ家とは名ばかり、戸障子も整わない堀立小屋。雨でも降ろうものなら家の中にいても濡れそうな感じである。

京の校外、秋になるのも早く、晩秋ともなると冷えはきつい。火桶一つあったわけでもなかろうから、衣類を重ねて頭から被り、夫は机に向かって本にかじりついている。寒さに強いと日頃豪語する秀野とて、やはりこの寒さは辛い。

仄かな灯に映る二人の影が、いっそう侘しさを際立たせている。

朝寒の硯たひらに乾きけり

昭和二十一年作。この句の前に、

文章書かぬ言ひわけに

筆折つて諸に褒る丶六腑かな

の句が見える。近頃は筆を持つ回数もめっきり減った秀野である。しつこい風邪、秀野は風邪と思い込んでいるのだが体調はなかなかはかばかしくなく、体は常にだるい。川で洗濯、飲み水も川で汲んでいた。健康体でも身が持ちそうにない生活である。

奈良句会の折、西東三鬼に冬までには引越さないと、と騒いで、住まいを探してほしいと懇願していた。鳴滝は夫の会社から遠すぎることも秀野には案じられたのだ。

さりとて三鬼は神戸住まい、右から左にとはゆかない。ようやく知人の、そのまた知人を介して下京区西木屋町に間借りできる家を世話してくれた。

体調不良と家移りの準備で文章を書く暇もなく、硯の表面は白っぽく乾いている。以前は日に一度は硯に水を一滴、二滴と垂らしたのに、という感懐が込められていよう。

荻吹くやかしこの山も歌枕

昭和二十一年作。秀野一家の住む御室川の川辺にも荻は群生していたであろう。荻の葉のそよぎに秋を感じた。

荻は神の招代《おぎしろ》で、古来よりそのそよぎを神の来臨の声と聞いていた。

京の終《はて》とは言うものの、土地の持つ雅さを一抹の喜びとしてきた秀野である。この句は、ともかくも三か月余、家族を住まわせてくれた鳴滝の地霊への挨拶と惜別の句である。

鳥渡るをみなあるじの露地ばかり

木屋町

昭和二十一年作。十月に金沢の俳誌「風」の同人、中西舗土に宛てた秀野の書簡に「近日中左記に移ります。四條河原町交叉点より二、三丁、部屋借りですが二、三室あります。御上洛の折お立寄頂けましたら嬉しく存じます。当地食糧事情漸く好轉いたしました。」と書き送っている。新しい家に希望を託していることが窺える。ここにも生来の楽天的な秀野の性格が表われている。

その後の中西舗土宛の葉書に秀野が記した新住所は「京都下京区西木屋町通松原上ル」である。随筆「山ぎはゝ時雨」によれば、知恩院の鐘が明け暮れ聞こえてきそうな場所であったが、残念ながら鐘は戦時中の供出でまだ戻ってきていなかった。

新居の周辺の家々は朝早くから箒の音をたてて露地を掃き、水を打って清める。如何なる人達が住んでいるのかと露地を通り抜けてみれば、どの家もおおかた女名前で、踊の紋のある扇が簾越しに翻っていたり、白粉の香が漂ってきたりしている。配給でも並ぶのは女ばかり。祇園や先斗町といった花街に近いのだ。彼女達は清潔好きで働き者である。

夜の十二時頃、きまって彼女達の跫音と高笑いで目を覚まされる。料理屋やその他の店で働いている人達の帰宅時間である。客の品定め、朋輩の陰口、田舎訛りの京都弁も交じって、筒抜けに秀野の耳に聞こえてくる。

西鶴の世界、永井荷風の世界に踏み込んだようで、小説家志望であった秀野には刺激になったことであろう。

行方定めぬ渡り鳥と花街に生きる人々との取り合わせが絶妙である。

石叩ひるの奏楽瀬にこたへ

五条キャバレー

昭和二十一年作。秀野一家の住まいは四条と五条の中間に位置する。四条も五条も歓楽街。昼間、鴨川の川原でドランペット等々の楽器を奏でているのはキャバレーの楽士達の練習であろうか。石叩きが尻尾を振るのが、まるでリズムを取ってタクトを振っているようである。

何気ない鴨川の川辺の一コマ。

冬めくやこゝろ素直に朝梳毛《くしげ》

昭和二十一年作。朝、髪を整えるゆとりの時が持てた。夫が通勤に時間がかからなくなり、ゆっくりと支度をすればよい。人一倍おしゃれな秀野のこと、久しぶりに身を構うことができた喜びが句からも伝わってくる。

女は身ぎれいにすると心が晴れやかに穏やかになるもの。それを「こゝろ素直に」と表現した。

同じ頃の句。

つぼ白粉時雨宿りに買ひもして

ひとり言子は父に似て小六月

昭和二十一年作。夫健吉は無口が服を着てるようだと言われるほどなのに、存外ひとり言が多い。原稿用紙に向かっている時、本を読んでいる時、トイレに入っている時等々。口の中でブツブツ小さく言うのではなく、結構大きな声ではっきり言うので、家の者は呼ばれたのかと思うこともたびたびであった。

父親は無口なのに娘は賑やかで、正反対と言える。しかし一人っ子なので、一人で喋って一人で答えて遊んでる姿に、些細なところが似ていることよ、と共通点を見い出して秀野は楽しんでいるのである。

人の家にまゝごとじみて茎の石

昭和二十一年作。秀野一家は辛うじて冬将軍の到来前に鳴滝を脱出。今度の住居は築三百年以上は経つという民家であった。

西木屋町の家を訪れて泊まった健吉の姪、井伊直子の証言によれば、「蔵のような重い戸を開けると土間で、一階に一間、二階に二間ぐらいあったと思う。古いことなので記憶は曖昧だけど、一階で食事、二階で寝た」と言っていた。

家具の中で嵩《かさ》高なものは夜具のみ、みかん箱が卓袱台という一家である。おそらく一階の土間は炊事場を兼ねていたのであろう。

ごく僅かばかりの炊事道具を「まゝごとじみて」と表現。その中で漬物石はひときわ目立つ存在であっただろう。

同じ頃の句。

破れ足袋やはたと夜の階のぼりゆく

西行庵ほとり

極月の笹やどの戸も片ひらき

昭和二十一年作。詞書の西行庵は数か所あるが、秀野の住まいから考えて八坂神社のそばの西行庵と見る。

うっかりすると通り過ぎてしまいそうな庵で、人の住まいながら中にも入れてくれる。猫の額とまでは言わないが、さして広くもない庭で、樹々が茂ってなかなか趣きがある。隣であったか近くであったかに芭蕉庵もあり、芭蕉像があって〈古池や蛙飛びこむ水の音〉の句碑も建っている。中に入ってよい時は、家の主が入口の枝折戸を半分開けておいてくれる。

師走の忙しい中、秀野はそこを訪れたのか、たまたま通りかかって発見したのか、いずれにしても俳諧の道を歩む秀野にとって、芭蕉の先人としての西行の史跡にめぐり逢えたのは喜びであっただろう。

自嘲

あかゞりや飯欲り哭《な》けば猿の顔

昭和二十二年作。食糧事情は多少はよくなっても、まだ配給の時代である。栄養失調で皮膚がかさついているところへ女は水仕事がある。冷たい水に濡れた手が寒風に当たると、ますます皹割れる。それでも炊事は休めない。漬物などに触ろうものなら飛びあがるほど痛い。顔がゆがむほどだ。

そのような秀野の顔を、もう一人の秀野が「猿みたい」と眺めている。

針始つゞれ刺すてふはてもなや

風冴えて魚の腹さく女の手

子や待たん初買物の飴幾顆

昭和二十二年作。秀野の子は甘いものが苦手なのに飴にだけは目がない。二十一年にも、の句がある。

あめ五粒ほどを購ひて
柿若葉くちはた濡れて稚児よろし

初買物で少しばかりの飴が手に入った。子は目を輝かせて喜ぶであろう。いい子で留守番しているだろうか、早く帰って喜ぶ顔が見たい。心弾むような句。

いつまでも続く咳に不安を感じながらも、この二十二年の正月は子に対する句は明るい。

そこらぢゅう子供遊びて初雀
初ゑびす尻まろき子の尿はずむ

松とれて費えのうちの芋大根

昭和二十二年作。食糧不足の時代は、食費が家計のあらかたを占める。芋大根は常食野菜の代表。

松が取れると正月も終わりである。暮れから大わらわで忙しい思いをして迎えた正月も過ぎて、また、いつもの暮らしが戻ってきた。

秀野の生家がまだ天理にあった頃、庄屋であったから、厨には小作人から届けられた野菜がいつもあった。秀野の母は晩年、秀野が買って来た野菜を見て「こんなん、うちにはいくらもあったになー」と呟いた。芋大根も費えのうちと、ふと感懐を覚えたのである。

小夜時雨枢《くる》おとして格子うち

昭和二十二年作。秀野は随筆「春寒」の中で凡兆の〈下京や雪つむ上の夜の雨〉に触れ、「この句の持つ暗さが京都の家の構造と切放しては考へられないやうな気がする」と述べている。

秀野が借りた家もわざと南面を塞いだ土蔵造りの家で、低い窓から洩れる仄明りがたよりで、昼も夜も灯を点しっ放しにしなければものの在り処もわきまえない。表入口は牢獄のように重い格子戸で、開けたてのたびにガタンと音を立てて枢が落ちる。太陽が射し込むと財宝が逃げる、と家主は言う。多分、先祖からの伝承なのであろうが、太い格子が嵌った窓と言い、太陽のみならず外部の道行く者に対しても鉄壁の構えであった。

秀野はこの冒頭の句を夫に見せた。と、せっかく京に住んだのだから〝時雨〟と〝そこ冷え〟は句にしなくては、との言葉である。

秀野は日頃、愚亭の何のと夫をこき下しているが、こと文学に関しての夫の発言は、絶対の啓示であった。夫が「これはいい」と言ってくれればそれで十分なのである。反対に夫が首を縦に振らないと、他人がどんなに褒めても価値がなくなる。

そこで〝そこ冷え〟一句。

そこ冷えの夜ごとは箪のみだれけり

夫は夫で、秀野を希代の悪妻と呼んで憚らないが、詰まるところ秀野の大ファンなのである。これがこの夫婦の宿命と言えよう。

かしこみて白粥二椀寒のうち

昭和二十二年作。寒のうちだから、と言ってしまえばそれまでだが、陽の射し込まない家の中は吐く息も白く、骨の髄まで凍りつくようだ。

夫――寒いな。
妻――粥でも作りましょうか。
夫――そうだな……。
妻は夜なべの句帖を閉じ、夫は読みかけの本を伏せて卓袱台に向かい合う。
妻――山陰と京とどっちが寒いかしら。
夫――そうだなあ……。
妻――松江の部屋は狭かった分、今となっては暖かったような。
夫――ふむ……だね……。

そんな会話が聞こえてきそうな句である。
「かしこみて」に、両の掌でお椀を包むように捧げ持って体を温めている夫婦の姿が写し出されている。

寒念仏灯なき夕餉の露地となる

昭和二十二年作。物売の声、門付けの声、東京では世田谷という郊外の住宅地に住んでいたので、このような賑やかな色街に居を構えたのは結婚して初めてのことであろう。普通の家庭の夕食時は、この街の人達にとっては稼ぎ時である。したがって家並は静かで灯のない家も多い。この街を詠んだ一連の句、一句一句にこの街の情景が描かれていて映画の一シーンのようである。

寒念仏廓へかゝる橋二つ
宵ながら門づけ節も寒のうち
ものうりの鈴の絶えまに積る雪
節分の髷のお化の浴みかな

色街では節分の夜、芸妓達が日頃の出の衣装ではなく、それぞれが思い思いの仮装をしてお座敷を務める、これを〝お化け〟と言っている。座敷を終えた夜更け、お化けの姿そのままで仕舞風呂に来ているのである。

霜焼の幼なはらから並び寝て

昭和二十二年作。健吉の次兄の娘、直子とけい子の二人が新潟から長崎へ行く途中、京都の秀野宅に一泊した。家族三人で京都駅へ迎えに行ったが、遅延が当たり前のような交通事情に、子が待ちくたびれてぐずり出したので、健吉が子を連れて先に帰り、秀野一人が改札口で待っていて、家に案内した。

直子は秀野が句作する姿を今も鮮明に覚えている。何か思いつくたびにポケットから紙切れを出して書き、柱や壁に画鋲で止めておく。寝る前にそれらを回収していった。

直子が夜中にふと目を覚ますと、秀野がねまきの上に羽織を掛けて、回収した紙切れを眺めて考え込んでいる様子。自分の母親を始め、身内の人にそういう姿を見たことがなかったので、不思議な思いで見ていたが、旅の疲れもあっていつの間にか眠ってしまった。

朝、目を覚ますともう秀野は階下で朝餉の支度。皆で賑やかに新聞社に出勤する叔父健吉を見送ったが、その時の、叔父のオーバーの裾がほつれてベロンと垂れ下がっていたのが印象的だった。それに較べて安見ちゃんのオーバーはベージュ色のダブルのテーラーカラーで、生地も数段柔らかく上等だったと述懐する。

せっかく京都に来たのだからと、花時でないのを残念がりながらも秀野は、汽車の出発までの時間の許す限り、清水寺や三十三間堂を案内した。安見ちゃんを片時も手離さず、抱いたり膝に乗せたりしていて、ずいぶん可愛がっているのだなあと、それが印象に残っているとか。

直子十六歳、けい子十三歳、安見五歳、枕を並べて寝ている姿を「幼なはらから」と表現したのである。

春炬燵あすのもの食ふ夫婦かな

昭和二十二年作。配給が少なくて予定より食料が減ってしまったが、夜食にと、明日の朝食用の物に手をつけてしまったのだろうか。この句の前に、

薄氷や魚も焼かずに誕生日

がある。秀野は明治四十二年二月十九日生。三十八歳を迎えた。毎年誕生日だからとて特別に何かしていたわけでもないだろう。偶然、そうだ、今日は誕生日だった、と気づいたまでのこと。

「薄氷や」に、秀野の意識とは別のところからくる漠然とした死への予感を感じる。

雛市やゆふべ疾風にジヤズのせて

昭和二十二年作。秀野がこの句を詠んだのは京都だから当然雛祭は四月、雛市は三月である。東京では春の突風は珍しくないが、京都でも三月に強い風の吹く日があるのであろうか。夕闇せまる繁華街から風に乗ってジャズの演奏が遠く近く聞こえてくる。戦時中敵国の音楽として禁じられていた分、この頃は、堰を切ったように洋楽、特にアメリカへの憧れからジャズは盛んであった。春らしい情景である。

立雛にすがるの腰のなかりけり

古ひなや時計打ち出す真の闇

下萌やあしたゆふべを端折着

昭和二十二年作。野も山も森羅万象の生命が復活してきたのに、どうやら秀野の病は快復するどころか、ますます悪くなったのであろう。病は芽吹きの頃に進行することが多い。端折着は丈をつめた対丈《ついたけ》の着物。決して外出用にはならない。ねまき、もしくは部屋着。きちんと着替えて家事をこなすことが、もうしんどくて出来にくかったのであろう。

壁ちかくねまりて聞けり帰る雁
春めくや爪にうしなふ薪渋
きさらぎの銀河あえかに髪濡るゝ

山廬先生の還暦を祝ぎまつる五句、雲母支社より乞はれて

鳶の笛囃せ菁々たる柳

昭和二十二年作。続く四句は、

雪雫甲斐の大鵬翔たすなる

六十年山廬の雪消聞かれしと

春燈をつぎて在して古き裔

かげろふの甲斐はなつかし発句の大人

である。山廬先生、すなわち俳誌「雲母」主宰の飯田蛇笏先生。山梨県東八代郡境川村小黒坂に代々苗字帯刀を許された石門白壁の豪農である。（現在の笛吹市）

秀野夫婦が生涯を通して尊敬し続けていた俳人である。

夫健吉が改造社の「俳句研究」の編集者、石橋貞吉だった時からのつき合いで、編集者

としても、駆け出しの評論家としても目をかけていた。秀野との面識の有無は定かでないが、甲斐はなつかし、と詠んでいるところを見ると、夫婦して訪ねたことがあるのかもしれない。

秀野の才能に期待し、目をかけてもいたのであろう。秀野の没後、「魂の俳句」と題して、秀野の句について講演をしている。また、昭和二十三年二月号の「雲母」に秀野最晩年の五句を取り上げ、石川啄木と並べて論じているほどだ。その中で、

—略—芸術感情の一段と上にある澄みわたった、心の世界が惻々として迫るものである。—略—仏道の悟りにもちかい其の心境に至っては、寔にただならざる驚嘆をおぼえざるを得ないところである。—略—

と述べている。

余談ながら、蛇笏は、健吉が東京を脱出するべく疎開先を探している、と人伝てに聞き、境川村に呼ぼうと、持ち家の一つを空けて知らせてくれた。残念ながら、一足違いで島根新聞社への就職と引越しが決まったあとであった。

すべて運命と言うべきであろう。
秀野も、蛇笏のその思いに応えて祝句を作って送ったのである。

谷沢白城氏居　二句

春火桶伐折羅画像を師と見つゝ

昭和二十二年作。あとの一句は、

春火桶薬刻むと襖越し

である。谷沢白城は明治二十二年生まれ、「寒雷」に属し、加藤楸邨の門弟。薬剤師で製薬会社にも勤めていた。秀野の没後の白城の追悼句は、

慈母観音秀野さん母子を迎えて

春火桶慈母観音の掌をかざし

である。秀野一家が松江から京に来た頃から、世の中が少し落ち着きを取り戻したのと、戦時中精神的に満たされていなかった思いとが重なったのか、結社句会が復活し出した。昭和二十一年八月に「鶴」「寒雷」「風」系の人々がともに句会を持ち、「衢《ちまた》」俳句会を開いた。白城はその会の主な指導者の立場にあった人物である。この句会は二十二年三月まで白城宅で開かれ、八か月ほどの会であった。

秀野は渇望していた句作と、多くの俳人達との交わりを持つことができた。鳴滝での貧窮生活の中から時間を作って出席し、指導したりしていた。

白城宅は五条にあり、大きな家であった。鳴滝の住まいのひどさに、秀野は白城に間借りできないか打診したらしいのだが、氏はその頃高血圧の老母を抱えていたため、小さな子に家の中で騒がれるのを危惧して断られた。

多動症候群という幼児期の症状があるらしいが、秀野の子はそれに近く、元気であれば少しもじっとしていないのである。

実際、後日、秀野が子を背負って訪ねて来た時は、家の中じゅうを走り回った。秀野は叱りながらも「おうちが広いので喜んでいるのです」と嬉しそうに話した。白城は秀野が住まいに苦慮していることは承知していたので、申し訳ないような困ったような気がしたとか。

秀野がこの日白城宅で句に詠んだ「火桶」は京の名工の作であった。

東京にいた時分、健吉が加藤楸邨宅を訪ねた折、ちょうど出征してゆく弟子の壮行会を兼ねた句会にゆきあった。伐折羅画像とは、その句会で健吉の詠んだ句、

葉牡丹に伐折羅迷企羅の集ひかな

を踏まえているのではなかろうか。

健吉は床の間の葉牡丹と居並ぶ楸邨の弟子達を十二神将に見立てたのである。

春暁の我が吐くものゝ光り澄む

昭和二十二年作。咳というものは、空気が冷えてくる暁け方になおよく出る。咳とともに吐き出した自分の痰にじっと見入る。咳痰に苦しむ自分とその姿を静かに見つめるもう一人の自分。

悲惨でも残酷でもない。ただ自分を見る冷徹な眼がそこにあるのみ。

柳絮とぶや夜に日に咳いてあはれなり

春の風邪母子の夜のもの筋かひに

昭和二十二年作。家族三人、今までは枕を並べて川の字になって寝ていた。しかし、いつまでも治らぬ風邪に（あくまでも風邪なのだ、と秀野も夫も思い込もうとしている）子に伝染《うつ》してはと、ついに夜具を互い違いにずらして寝ることにした。

子は父の方に抱かれて寝る。今までは首を廻せば子の寝顔が見えたのに、今はそれさえも見られなくなった。

一抹の寂しさを如何ともすることができない。

熱出しの廿日あまりに花了る

昭和二十二年作。どんなにか秀野は花を待っていたことか。京に住む、となった時まず浮かんだのは京の花であっただろう。その上、今の住まいの木屋町は花見には事欠かない。高瀬川ぞい、鴨川べり、清水寺や円山公園へも歩いて行ける。新潟から来た姪二人を案内しながらも、花時には早過ぎるのをしきりに残念がっていた秀野である。

それなのに、である。花の便りが聞かれる頃から、午後になると決まって熱が上がって花見どころではない。

家の窓は小さくて格子の間から見えるのは町屋の黒い瓦屋根ばかり。

明日になれば少しは……と思っているうちにとうとう花は了ってしまったのである。

俳誌「風」に俳句を送ったと言う秀野の葉書からは、自分の容体をさほど深刻には考えていなかったことがわかる。

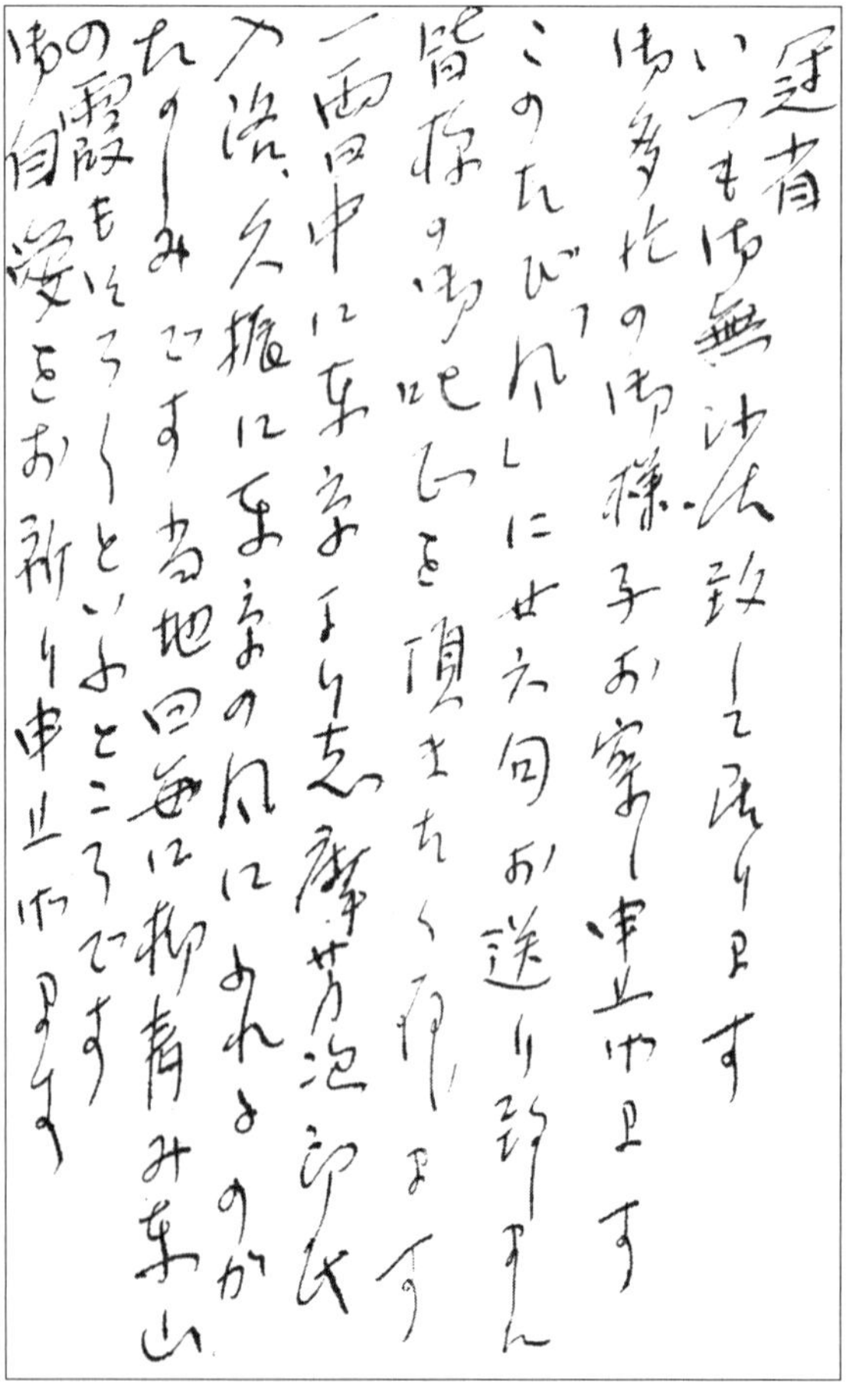

冠省
いつも御無沙汰致して居ります
御多忙の御様子お察し申上げます
このたびはわざわざに廿六句お送り許され
皆様の御吟作を頂きたく存じます
一両日中に東京より志摩芳次郎氏
入洛、久振に東京の風にふれるのが
たのしみです 当地は毎日柳青み東山
の霞もほころぶといふところです
御自愛をお祈り申上げます

昭和二十二年三月付、俳誌「風」の中西舗土宛の葉書

緑なす松や金欲し命欲し

昭和二十二年作。「鶴」の同人の中に新井石毛という医学博士がいた。四月初旬、大阪の学会に出席のため、京都を訪れた。その折、同じく同人の志摩芳次郎に頼まれて秀野宅を見舞った。

この頃には「鶴」を始めとする俳句の仲間達に、秀野が長く患って咳が止まらないという話が広まっていた。

秀野没後の追悼句会記に、新井石毛は秀野を見舞った折の回想を医師の立場から寄せている。要約するとおよそ次のような事である。

四月五、六日に秀野が発熱しているから診てくれという志摩君の依頼で同行した。高熱と咳で大分苦しそうで、胸部には響のないラッセルが広汎に聴こえ、右肺は少し変化していて濁音を証明したが、かつて弱かったこともあるというので、大体は普通の気管支炎と思うことに努めた。間もなく熱が下がったと聞き、安心していたら八日頃再び高熱。再度診察すると右肺尖の附近にラッセルが限局して聴こえた。限られた滞在日数なので、気にはなったが注意を与えて帰京した。

御主人が勤めの傍ら炊事と子の世話をしていることに、秀野はひどく気を遣っている様子であった。が、ひとたび話が俳句に及ぶと熱の頰をさらに紅潮させ、床に起き、熱心に語る姿に圧倒され、とても重患と思える雰囲気ではなかった。

と記している。

「金欲し」と句にあるので、この頃の結核の治療の費用はどれぐらいだったのか知人の医師に聞いてみた。それによると、抗結核薬は戦中（一九四四年）アメリカで開発されたが、日本ではまだ保健の対象となっていなかった。ただしアメリカから特別に輸入して使用することは可能であったとか。

薬は高価であっただろうから一介の新聞記者には高嶺の花。地獄の沙汰も金次第である。秀野も夫健吉も結核かもしれないという思いはあったであろうが、無理にでも風邪をこじらせている、と思おうとしていたのだろう。

病院へ入院するにせよ、サナトリウム等の転地療養にせよ、一時的に家族がバラバラになる、ということにほかならない。

秀野が理想とする家族像は、家族が常にともにあることであったから、別々に暮らすのは堪え難いのである。秀野は一見、新しい女のように見えて実は古いタイプの女であった。それに子はまだ一人で留守番をさせるには無理であった。できるだけ、たとえ臥せっていても子とともにあって、家で頑張ろうとしていた。

この句は生命感溢れる松と自分を対比させたことで、秀野の置かれた状況が浮かび上がってくる。

子の茶碗つばめ西日をきりかへす

昭和二十二年作。昼食を食べた子の茶碗が、そのまま卓袱台に載っている。先ほどから夏のきつい西日が茶碗に当たって反射している。外をせわしく飛び交うつばめの影が西日を遮る、と、光は一瞬消え、次の瞬間再びキラリと光る。その繰り返しである。

床に臥しての低い視点で捉えた句。

静と動の対比が鮮やか。

病中子を省みず自嘲

衣更鼻たれ餓鬼のよく育つ

昭和二十二年作。この年、秀野夫婦は子を幼稚園に入れるかどうかで思案した。夫健吉はミッション系幼稚園に通って楽しかった想い出があるので、子にはぜひとも通わせたいと望んでいた。しかし自分達の現状は、僅かな物を持ち出しての疎開生活。売れる衣類はすべて売り尽くし、この正月は秀野の最後の晴れ着さえも餅に変えたありさまである。

親というものは自分達は粗衣粗食でも子供にだけは、と思うもの。かつて子の七五三で明治神宮へ行った時も、母親達の粗末なもんぺ姿とは対象的に、子には精いっぱいの晴れ着を着せて連れて来ていた。

まして京都は戦火を免れている。その分、子供達は身ぎれいである。

ひ弱でどちらかと言うといじめられっ子になるわが子が、この上、着る物で惨めな思いをしたらかわいそうだ、となって幼稚園への入園は諦めた。

四、五歳の頃の子は竹の子が育つように伸びる。去年の服はつんつるてんで、丈出しをしないと着せられない。しかし、今の秀野はそれさえも容易ではない。

昔は何故か鼻の下に二本棒を垂らした子が多かった。その上、その鼻を着物や洋服の袖口で拭うものだから、袖口がテカテカに光ったりしていた。高貴な家や金持の家は別として、一般的に鼻垂らしの子は珍しくなかった。今ではさっぱり見かけない光景である。一説によると、庶民全体が動物性蛋白質の不足だった、という説がある。戦後牛乳の普及、牛や豚をよく食べるようになったせいで鼻を垂らす子がいなくなった、と言う人がいる。

秀野は「鼻たれ餓鬼」と言い放ちながら、親もまわりの人もはたして育つのか、と危ぶんでいたこの子がこんなに……という感懐が湧いてくる。と、同時に思うように子の世話ができない自分の不甲斐なさに腹が立ち、心底情けなく思ったのである。

卯の花腐し寝嵩《がさ》うすれてゆくばかり

昭和二十二年作。痩せ細ってゆく自分を冷静に「寝嵩うすれて」と表現している。昭和十八年の正月早々、腎臓病で寝込んだ時も、

病間やうすき乳房の春羽織

と、布団の中の自分の嵩のなさを詠んでいる。もともと秀野は小柄な上に肥満タイプではない。このたびも持病の腎臓病が追い討ちをかけたのであろう。

病み呆《ほ》けて泣けば卯の花腐しかな

夏ちかし髪膚の寝汗拭《のご》ひ得ず

家人に

短夜の看とり給ふも縁《えにし》かな

昭和二十二年作。詞書の「家人に」は即ち夫健吉にほかならない。それ以外は説明を要しないほど明快な句。

結婚以来十八年、常に虚弱な夫を支え続けてきた。これまで自分が夫から介護されるなどとついぞ考えたことはなかったであろう。

申し訳ない気持ちでいっぱいだが、反面、天地広しと言えども、常に側にいて介護してほしい人は夫ただ一人。介護を受けている喜びと悲しみが秀野の中で交錯する。

「給ふ」に秀野の気持ちが込められている。

とびからす病者に啼いて梅雨寒し

が丶んぼに熱の手をのべ埒もなし

男手の瓜揉親子三人かな

病みて百日ちかし

昭和二十二年作。秀野の夫はぼんぼん育ちなので、元来縦の物を横にもしない。絵に描いたような不器用な男が、米をとぎ、飯を炊き、胡瓜を薄く切って軽く塩でもみ、水気を切って酢に浸す。出来映えはこの際問題ではない。不器用な男が作るのである。

今のようなデパ地下とかコンビニもなく、配給の食糧も貧弱な時代であった。粗食の極限のような食卓を親子三人、言葉少なに囲んでいる。

それでも一家団欒には違いない。

妻なしに似て四十なる白絣

昭和二十二年作。皺だらけの白絣に、よれよれの兵児帯を締めている夫を眺めると、まるで妻のいない男のようである。夫は幾つになってもどこか書生っぽさが残っているから薹の立った書生といったところか。痩せて背ばかり高い夫を見上げて、何の世話もできない妻としては自嘲気味である。

懸命になって介護してくれればくれるほど、不器用なだけに滑稽でおかしみが込み上げてくるが、それもまた涙なのである。

梅雨じめり痩せ骨三月《みつき》よこたへて

友よしや石見の早鮎もたらして

牛尾三千夫氏突然来訪

昭和二十二年作。「朋《とも》遠方自《よ》り來る有り亦《また》楽しからずや」

松江を発つ前に一家で泊りがけで寄せてもらった、石見江津の牛尾氏が見舞に来てくれた。約一年ぶりの再会である。

それも解禁になったばかりの鮎を届けてくれたのだ。喜びの少ない毎日を過ごしていた夫婦にとって、久々の嬉しいことであった。

師門を同じくする友と民俗学の話などして語らっている夫の楽しそうな姿に、秀野は喜びを嚙みしめている。

山陰の人々の間にも秀野の病の重さは伝わり始めていて、遠路、活きのいい鮎をわざわざ持って来てくれたのである。

心遣いのありがたさ、「友よしや」に万感の思いが込められている。

梅雨の雷子にタン壺をあてがはれ

昭和二十二年作。激しい咳のあとには必ず痰が大量に出る。痰壺を取ろうとするも咳込んでそこまで手が届かない。子が大急ぎで取ってあてがってくれる。女の子は五歳を過ぎると周囲の大人達のすることを見よう見まねで覚えて手伝ったりするようになった。

子が一生懸命役に立ちたいとしている姿がいじらしく、健気で痛々しい。が、同時に、子の成長を嬉しく感じているのは母である秀野自身である。

紙芝居の柝や梅雨の雷二つ三つ

かく衰へて

梳る必死の指に梅雨晴間

昭和二十二年作。久しぶりに天気になると気分が晴れやかになり、髪でも整えようかという気になる。床の上に座し髪を梳いてみるものの、すぐ息が苦しくなって続かない。櫛持つ指も必死である。

かなしさよ夏病みこもる髪ながし

芋煮えてひもじきまゝの子の寝顔

昭和二十二年作。秀野が病臥しているので、夕方夫が帰って来てから夕餉の支度である。子はそれまで食べ物にありつけない。

「おかあちゃん、お腹へったよー」

「もう少し待っててね、いい子だから、お父ちゃんがもう少ししたら帰って来るから」

先ほどから何度同じ事を言い合っただろう。泣かれても、秀野は母として何一つしてはやれない。子は健気なところがあるかと思うと、駄々をこねて母を困らせる。この句の前が、

新ジヤガや子をすかす喉すでに嗄《か》れ

である。やっと芋が煮えた時には、子は泣き疲れて眠ってしまっている。頬に残る一筋の

涙の枯れた跡がやるせない。

その辛さをさらりと詠んで、いっそう侘しい。

裸子をひとり得しのみ礼拝す

昭和二十二年作。京都の夏の午後は、筆舌に尽くしがたい蒸し暑さである。秀野は床の中から子へ目をやる。子も暑さにぐったりとして、いつの間にか眠っている。子供の丸くコロンとした小さな肉体。いにしえより西洋絵画などで繰り返し描かれた、聖母子像の幼子イエスの愛くるしさを彷彿とさせる。

私はこの世に生を享けて何を遺すことができたのか、と問うてみる。

おのが命を受け継ぐ子を得た安らぎと、この小さき命を、神よ、どうか見守り給え、と人智を超えた大いなる力にこうべを垂れて祈るのみ。

真夏の昼下りの時は静かに過ぎてゆく。

かへり梅雨手にさづけられ枇杷三顆

昭和二十二年作。この句の枇杷は茂木枇杷としたい。見舞にもらった、というよりは夫が思わず買い求めた、としたい。

茂木枇杷は長崎の名産品である。

秀野は大和を、夫は長崎を故郷としている。

夫婦とも、もはや故郷に家も土地もない身であるが、お互いに故郷の自慢話をした日もあっただろう。

とりわけ夫は石橋家隆盛の時、長崎に生を享け、十七歳で東京へ出てからも十九歳で父石橋忍月が死去するまでは休みには必ず長崎へ帰っていた。長崎の年中行事の凧上《はた》げ、ペーロン競争、精霊流し、わけても九月七日から九日までの長崎くんちの楽しさを、幾度秀野に語っていたことか。

この時になって夫は初めて妻を伴って一度も長崎へ行っていなかった事に気づいた。あのオランダ坂や石畳道をともに歩きたかった、長崎の街を見せたかった、という思いが込み上げてきた。

思わず店先の仕舞物のような、少し季節遅れの枇杷に手が出たのである。

夫が宝石のように大事に持ち帰った枇杷。

万感の思いで受け取る秀野の気持が、「さづけられ」となって表現されたのである。

大夕焼悪寒に鳴らす歯二十枚

昭和二十二年作。秀野は持病として腎臓病も抱えていた。松江にいる時からこれも悪化してきていた。その上、肺結核、一説には腸結核も併発と言われている。詳細な病状は年月の長さに消されて不明。死、という事実だけが存在する。

たびたび出す高熱がいずれの症状から発せられているのかわからない。

夏の夕焼が寝ている部屋を赤く染め上げる中、悪寒でガチガチ鳴る歯を止めようもなく、体を固くしてじっと堪えているしかない。

秀野の眼だけはどうしようもない自分の姿を冷徹に見つめている。

ひるの蚊を打ち得ぬまでになりにけり

が、んぼに熱の手をのべ埒もなし

大夕焼消えなば夫の帰るべし

昭和二十二年作。西木屋町の自宅から夫の勤め先には歩いて通える距離であった。新聞社なので、役所や銀行ほど出勤時刻は早くなくてもよかっただろうし、厳密でもなかっただろう。それでも朝は、朝食の支度と片づけ、妻子への昼餉の支度と大わらわであっただろう。

一度出勤してしまえば、夕方の退社時刻まではよほどのことがない限り帰って来るわけにはゆかない。

部屋中を赤く燃やしていたような夕焼が、色褪せて黄昏てくる頃、夫が階段を昇って来る足音が聞こえる。と、安堵感で胸がいっぱいになる。

その足音を今か今かと全身を耳にして待っている秀野である。

西日照りいのち無惨にありにけり

昭和二十二年作。秀野は西にしか窓のない二階の部屋で終日臥せっている。その窓も小さく、太い格子が嵌っているから風の通りも悪い。二階は瓦屋根に照りつける太陽の熱気も十分に含んでいるから室温は想像を絶する。

逃げ場のない部屋で起き臥しも思うにまかせず、朝夫が出勤してから帰宅するまで幼子と二人だけである。子はまだ母を支えて階下に降ろすのには力不足だったであろう。水分補給も極力控えたと思われる。

秀野の置かれた状況は生き地獄と言っても過言ではなかろう。

生きたい、と必死で思う一方で命の限界を見定め、俳句の上では「死」を覚悟し、認めたのである。それが「いのち無惨」という叫びとなった。

夫健吉は、秀野の没後四十年生きたが、西日、と聞くだに身震いするほどで、終生蛇蝎のごとく西日を、西日の射し込む部屋を嫌ってやまなかった。

子を離す話や土用せまりけり

昭和二十二年作。これまでにも入院加療の話が検討されなかったはずはない。大家からは、死病に取り憑つかれたような病者を抱えた一家を置いておけないとも言われていた。しかし幾度話し合っても結局、父親の出勤後の子の処遇で話は頓挫していたのであろう。秀野の妹恒子の話によれば、秀野は少女時代、姉妹の中ではいちばん元気がよかったとか。

その後も俳句や句会での勢いのよさが、夫の眼からも友人達の眼からも病気の進行が覆い隠されていたむきがある。

「きちがいになった、入院させて下さい」

秀野の口からそんな言葉が出た。おそらく腎臓の機能の著しい低下で、時々意識が混濁し始めたのではなかろうか。もはや自宅療養の限界を自らが悟ったと思われる。

京都では、洛西鳴滝の宇多野療養所が結核患者を受け入れる病院であった。今でも閑静で清潔な国立の総合病院として存在している。

だが、この頃のこの病院の実状はそうではなかった。

夫健吉が京都日日新聞で担当していたコラム欄「今日の主張」に、二十一年四月二十二日づけで「療養患者の悲しみ」と題して、本名石橋記者の名で宇多野療養所訪問記を執筆しているので、要約する。

静かな環境で病軀を養っていると思いきや、労働争議顔負けの檄文が病院の廊下のあちこちに貼りめぐらされていて、訪問者は驚かされる。入院料、X線、気胸、注射等々の処置料の飛躍的値上りと、その上食事の栄養面が劣悪で、遂に患者達は病を押して命がけで厚生省に改善を要求、陳情に奔走している。

病院を進駐軍が視察した時、三日がかりで清掃したにもかかわらず、不潔で百五十年前の設備という折紙をつけられた。

病室、炊事場、便所に至っては極めて不潔。市中の公衆便所を上回る汚さ。高台にあるので水の便が悪い。一日三十分ずつ三回しか水が出ない。極端な節水で濁った水で食器を洗い、付添婦は便器、タン壺をいじった手で、おそらく消毒もせず食器を扱う。

献立のダンゴはそのままでは咽を通らないので、それぞれ病室の窓際に干して焼いて食べる。茄子や胡瓜ばかりで魚などはほとんど見ない。病人用特別配給の魚一日百四十グラム、バター一か月に半ポンドそれぞれ支給されるはずなのだが、官僚機構の怠慢と不手際から、お目にかかることはない。

創立以来二十年の間に全快して退院した者わずかに三名、と患者達が冗談を言うくらいで、病気を癒す所ではなくただ寝かせておくところだというのが、患者たちの一般の噂である。

石橋記者は、これは大きな社会問題である、とコラムを結んでいる。

このような病院の実情が一年で大幅に改善されているとは思えない。

宇多野に入院する方もさせる方も断腸の思いであり、ギリギリの切羽詰まった決断であった。

眠りがたくなれば熱出づ大夕立

昭和二十二年作。結核は午後になると熱が上がってくる。熱で呼吸も苦しく眠れないでいると、暑苦しく射し込んでいた陽がにわかに陰り、部屋が暗くなってゴロゴロと、遠く近く雷が鳴ったと思う間もなく、車軸を流したような雨である。

夫がこの雨に遭っていなければいいが……、というのが秀野のいちばんの気掛りである。

火のやうな月の出花火打ち終る

七月六日夜　三句

昭和二十二年作。ほかの二句は、

遠花火とりすがれるは冬布団

しまひ花火窓流行歌ぶちまけて

である。病臥している秀野には、花火の音が遠くに聞こえるのみ。窓に目をやれば、黒い瓦が月の光を受けて光っている。昇り始めの赤い夏の月が秀野の目蓋に浮かぶ。赤と黒の対比である。

西木屋町は「をみなあるじの露地」であり、「のれんに染まる妓の名」あり「「やとな」てふなりはひありて」の街である。

酔った男が高歌放吟し、女が嬌声を上げて絡み合いながら通り過ぎてゆくのは常のこと。

遊興のちまたの一角に、対極をなすひと組の親子三人が肩を寄せ合っての暮らしがある。その上、秀野は生への執着と死への諦めの中で夏だというのに冬布団を掛けてガタガタ震えている。

「人間存在の悲しみ」というものが、この場所、この一瞬にこれほど凝縮され、対比された世界があるだろうか。

花火の終了は「生」の終焉にほかならない。

夏の月肺壊《く》えつゝも眠るなる

昭和二十二年作。傍らで眠りについているであろう夫や子の寝息も、不夜城のような色街のざわめきも、肩で息するおのが呼吸音さえも秀野の耳にはもはや達していない。

静寂の中に秀野の肉体は横たわっている。

「肺壊えつゝも」と突き離したところに、魂は肉体を離れ心を澄ませ、おのれの置かれている様子を眺め、「眠るなる」と自分の姿を結んでいる。

蟬時雨子は担送車に追ひつけず

七月廿一日入院

昭和二十二年作。ついに秀野に天上へ還る刻が訪れた。引き返すことも、いかなる路も彼女には与えられていない。

不安に脅え、泣き叫び追いすがる子を抱き上げた夫とて、何一つなすすべを知らない。父子のいる現世と秀野の行く冥界との距離は未来永劫縮まることはない。

担送車の上で手にした句帖に、青鉛筆で走り書きしたこの句を最後に、秀野の句帖は永遠の空白となった。
九月二十六日午前十一時、秀野はすべての苦しみから解き放たれた。
「鶴」の昭和二十三年二・三月合併号の「石橋秀野追悼特集」に掲載された健吉の秀野への追悼文「藪三娘を悲しむ」（注＝藪三娘とは光明皇后が藤原不比等の三女として藤三娘と記しているのに因んでいる。大和と万葉集をこよなく愛した秀野に対する命名である）の一部を引用する。

念願とした小説の創作を果さなかつたことは、彼女も死ぬまで恨事だつたらうが、彼女の俳句は、最も熱が這入つた終戦後歿前までの二年ほどの作品によつて、一応fini といふ感じがするのである。即ち終つたといふことが同時に完成したといふ意味に於てである。小説への想ひをこめて、彼女の俳句はみのつたと言ふべきだらうか。

これは秀野の追悼文でありながら、秀野の才能に早くから着目、それに賭けていた健吉自身への追悼文である。

俳句は芭蕉に始まり秀野に終わった、と当時は思ったほど、秀野を失った心の空洞は大きく、悲しみは深く、余人の介入を許さなかった。悲しみが深ければ深いほど人は語りたくないのではなかろうか。

秀野健吉の十八年の結婚生活は世間一般の夫婦と言うより、文学という同じ道を行く同志としての結びつきが強かった二人であった。

また、前出の追悼文の中で健吉は、

昨年五月、病床を波郷君が三鬼君と連立つて訪れた時、彼女は泣出してしまつた。二晩京に泊つて波郷君等は帰つたが、東京の懐しい俳句仲間は、彼女のなつかしい想ひ出であつた。「私は自分で雑誌を出さうなんていふ気はないから、一生鶴で飼殺しにして下さいよ」と波郷君に言つた。その時染筆してくれた両君の色紙を、療養所の病室にも掲げておいた。死の二三日前、脳症をおこして意識混濁した彼女は、見開いた目を壁の色紙に定着させたまま、「あそこに石田波郷と書いてある」とつぶやいた。死ぬまで俳句への妄執を彼女は絶たなかつた。

と記している。

死の半年前、俳誌「風」（昭和二十二年四月号）に執筆した文章は、絶筆と言っても過言ではないであろう。最後に、俳句に対する秀野の思いと覚悟が凝縮されている一文を記す。


東京ゐた頃、私は自分が鶴と云ふ俳句結社にゐるといふ意識を持ったことがなかった。二年半以上も地方に住み句をつくってゐると、結社意識を人が否応なしに押しつけるから妙である。自分の句の拙いのを叩かれるのは本望だが、鶴なる結社はと的外れの矢が飛んで来る。俳句のさかんな土地ほど左様である。

俳諧は風雅なりと観じてゐたが、近頃は俳諧は政党なりやと首をひねることがある。今に句会が反対派のあばれ込みでお流れになるなどと云ふことになると、議会に於けるチャンバラ劇とかはりがない。左様に昨今の俳諧は隆昌を極め、宗匠と云ひ先生と呼ばれる程の馬鹿が氾濫してゐる。口にのぼるのは俳諧の修行でなく、己が所属する××誌の仏様は真物で他誌の仏様はニセ物也と云ふ議論である。何句当選組といふ語は卑屈である。自分の作品を芭蕉、蕪村と比肩して云々するだけの自信も持たうとしない。俳句の隆昌は結果に於て俳諧の餓鬼を生んだ。添削や選句を不必要と云ふのではない。唯それのみに自分の修行を賭ることは危険である。世に頼もしき選者と云ふのはさうざらにゐるものではない。俳句は作るものでなく俳諧を行ずる精神の底から湧き上る声なのだから、一言にして説明の出来るものではない。過日、鶴と××誌の相違を論ぜよとせまられたことがあるが、私にとつて波郷、友二両氏は仏でも偶像でもない。唯、血の通ふ手をとりあふに足る連衆の一人である。この道にして懶怠あればば波郷友二氏たりともようしやなくムチ打ち、たふれればその上を踏み越えてゆく。

俳句なんどなんのためにつくるのか、飯の足しになる訳ではなし、色気のあるものでもなし、阿呆の一念やむにやまれずひたすらに行ずると云ふより他に答へやうのないものである。だから鶴は阿呆の一念だと答へておいたが怒る者もあるまい。我々の屍はあとよりつづく人々に踏まれなければならぬ。

故人茅舎の句ひとつ、

秋風の薄情にしてホ句つくる

あとがき

近くて遠い、私にとっての秀野はまさにそのような関係であった。

平成十六年から私は俳句総合誌「俳句界」に「ふたりの母」を連載しているが、その第一回に「序にかえて」として次のように書いた。一部を抜粋する。

私には生母秀野の記憶は九十九パーセントない。だから母と言えば静枝の事である。

因みに

蟬時雨子は担送車に追ひつけず

この句のお陰で大いに迷惑しているので、大嫌いである。秀野の句を少しでもかじったことのある初対面の人は、必ずと言っていいほど、あっ貴女があの有名な句の、追いつけなかったお子さんですか、などと上から下まで眺めたあげく、母の記憶がないと言うと、あんな名句が生まれた情景を覚えてないなんて何てことでしょう、と言われる。

大きなお世話と言いたいのを我慢しているのを知ってか知らずかその上、五歳になっていれば十分記憶はあるはず、私など二歳の時の記憶があります、とつけ加えた人もいた。よほど頭が悪いのではと言った人もいた。

父は生前、家で私に秀野の話を一度もした事はなかった。想い出話として家で語られることもなく、写真一枚見ることもないと、子というものは悲しいもので、忘れてしまうものらしい。だからと言って存在が無になってしまった訳ではない。

蟬時雨の句の情景は想い出せないのに、父と一緒に母の見舞に病院へ行ったことは断片的ではあるが覚えている。

父に手をひかれて長い廊下を歩いた。どうやら病室がわからないのか、ウロウロした。私が母のふとんの柄を目敏く見つけた。父は頭を掻きながら母に話したのか、部屋に笑い声が起こり、同室の一人がお菓子を包んでくれ、私の頭を撫でてくれた。大部屋だった、ということは秀野の容体がまだよかったからで、その後、急速に悪くなったのであろう。

父は病院へ私を連れてゆかなくなった。

秀野と過ごした西木屋町の家は、大家が死病に取り憑かれた病人の家族を置いておけない、と言って追いたてられていた。

幸い父の友人新免さんの紹介で、秀野の入院後間もなく京都市東大野町に転居した。家主は松井雪乃さんと言って二十歳ぐらいの娘澄子さんとの二人暮らしであった。その後、娘さんは結婚して田中姓に変わったが、今もこの家に住んでいる。私たちは二階の一室を借りたが、隣のもう一部屋には白土わかさんが下宿していた。皆いい人達で、雪乃さんは私を孫のように可愛がってくれたし、私は澄子さんをお姉ちゃんと呼んでいつも後をついて歩いていた。

父は帰りが遅いので、私は一階の田中さん親子の所にばかりいて、寝る時も澄子さんのふとんの中で眠っていた。

秀野は病院から出て茶毘にふされた。あとから考えると、火葬場でのことだと思うが、父が長い箱の中を私に見せようと抱き上げた。私が抗ったので、父はすぐに私を降ろした。この時の情景は目に浮かぶが、箱の中は想い出すことができない。

秀野は遺骨となって松井家に帰ってきた。

葬儀は秀野の遺骨を前にしてこの松井家の二階で執り行われた。松井さん親子、白土わかさんが心を尽くして準備をしてくれ、秀野の姉アグリ、父の長兄の妻正栄、父の妹かつら等親族に西東三鬼を始めとする少数の友人が集まってくれた。

父は秀野の葬儀をすませると、翌月早々に上京。同人誌「批評」の友人武田泰淳の寺である目黒の長泉寺に秀野の遺骨を預けた。戒名は泰淳和尚が、

寶池院秀譽瑠璃妙相大姉

とつけてくれた。

十月十九日には神田駿河台の大島四月草の家で、「鶴」の同人らによる秀野の追悼句会に出席した。次に新橋田村町のニッサン書房に出版部長格で就職を決めて、私を引き取りに京都へ帰った。

東京の落ち着き先は世田谷区経堂であった。が、実は経堂には父の長姉富美子、次姉かつみがいるので、この二人の姉を当てにして、かつみ伯母の家に転がり込んだのである。

かつみ伯母の夫の澤田文治は「貞ちゃん（父の本名）は一見グータラに見えるが、ただのグータラではない。見どころのある男だからいつまで置いてもかまわない」と言ってくれたそうで、これは私達父娘にとって最大の幸せであった。

まだ食べてゆくのも精いっぱいで大変な時代であったのに、私は空腹やその他の惨めな思いをすることなく、澤田家の人々やお手伝いの成川のおばあちゃんに大事に可愛がられて過ごすことができた。

私が生母秀野のことを一言も言わないので、父を含めてまわりの大人達は母親を忘れてしまったと思っていたらしい。周囲が触れないようにしているから私も合わせていたに過ぎない。

子供は無邪気で何もわからない、と大人は思っているかもしれないが、存外、大人が考えているよりまわりの空気に敏感に反応して気を遣うのである。

父は秀野と死別して早い時期に再婚を決意した。安見ちゃんのためにもなるべく早く、と、二人の姉が勧めたことによる。

折よく、とでも言うのかニッサン書房の会計に年の頃三十半ば、飛び切り美人の宍倉静枝嬢がいた。

父は会社へは行ったり行かなかったり。この頃、戦争によって中断していた昔の文学仲間と再会するのに忙しかったのである。給料日に欠勤したとかで、静枝嬢が経堂の家に給料を届けに来た。その後も時に訪ねて来るようになり、この人に二人の伯母は目を止めて父に強く働きかけたらしい。

　この稿では細かい経緯は省くが、昭和二十四年二月八日、経堂教会で両家の親族とごく親しい友人を招いて挙式と披露宴をした。

　秀野の姉妹は無論出席していない。招待したかどうかも不明。秀野の姉妹は、秀野没後まだ一年余の早過ぎる結婚にかなり不快感を感じたとしても仕方のないことである。秀野が早死にしたのは、父がグータラで秀野を働かせ過ぎたせいだと思っていたのだから。

　私は、静枝は二人の伯母と父に嘆願されて抗し切れず、同情の思いもあって父の所に嫁いで来たと、ずっと思っていた。だから父は静枝にとても遠慮しているのだと。

　まんざらそれも的外れではないのだろうが、つい先頃、今年になって、父の昔の友人の娘さんが、実は静枝が押し掛け女房だと証言したのである。私はびっくり仰天した。

　父をよく知る編集者にその話をしたら、

「そりゃあそうだろう。山本健吉は自分から女にアプローチするタイプの男じゃないよ」

としたり顔をして大きく頷いた。

　ここで私は想い出した。静枝が私にニッサン書房では父にモーションをかけている女の人が幾人かいた、と話してくれたことを。

「へえ、あのパパにですか」

と私が呆れ顔で聞いたら、

「そうよ、あの時代男が少なくてね、あんなのでも上等な方だったのよ。パパったらね、モーションかけられても関心がないらしいの、ゼーンゼン気がつかない、相手が気の毒なぐらいだったわ」

と言っていた。将を射んとすれば何とやらで、私の推測では静枝は父の二人の姉の心をしっかり捕えたのである。数あるライバルの中から静枝は勝利した。

結婚に至るプロセスが秀野の時とは大幅に異なった。押し掛け女房という表現も、当らずと言えども遠からずなのである。だからこそ、静枝は秀野に嫉妬したのであろう。もっとも嫉妬こそ究極の愛の表現である。

反対に秀野のファンと言うか、秀野の親衛隊の人々の目から見ると、父はまったくけしからん人物となって映った。

秀野の才能を伸ばし、世に出すことにあれほど熱心だった父が、再婚したとたん、秀野のひの字も言わなくなったばかりか、秀野に関係した人の訪問を拒むようになった。秀野を慕う人々は〝君子豹変す〟と、父に対して露骨に軽蔑する人や、父のもとを去った友もいた。父は生き方、処世術の下手な男であった。

いつだったか覚えがないのだが何人かの人と連れだって歩いていた。静枝はいなかったから、井上靖を囲む「かえる会」で上高地の散策路だったかもしれない。私は父より少し離れて歩いていた。

「女の子というのは男親ではわからない事があるだろう、どうしてやることもできない、やはり女親がいないとね……」

突然耳に飛び込んできた父の言葉、あとは声が小さくなったので聞き取れなかった。私も父の方を見てはいけない気がして、聞こえないふりをしてそのまま歩いた。

父は静枝と再婚してからは私にまったくかまわなくなった。私を突き放すことによって、この人、静枝に頼らなくてはこの先、生きてゆけないと身をもって諭していたのだと思う。

静枝の方にも単なる嫉妬心からではなく、秀野に対して強く拒絶反応を起こさせる事柄がいくつか重なった。

あんたなんか安見ちゃんの乳母代わりにもらわれたんだからね、などと言われて静枝は腹わたが煮えるような思いをしたらしい。またある時は、父に従って多分俳人が多く集まっている会に行ったのだろう。秀野の供養を一度もしない事を非難され、つるし上げられたらしい。

父と静枝の新居は中野の上高田で、ここでも二階の間借り生活であった。そこへ秀野をよく知る友人が訪ねて来て、秀野がいかにすばらしい女性であったかを力説して帰って行った。この時かどうか定かでないが、泣き喚く静枝の声で目を覚ました。と、物が空中を飛び交っている音がする。大変な事になった、と思い私はそっとふとんを深くかぶり息をひそめてじっとしていたが、いつの間にか眠ってしまった。

それやこれやで父は秀野への想いを封印することで、新しい家庭を守って歩み出す覚悟をしたのである。だから家でも外でも、娘に対してさえも秀野のひの字も言わなくなった。どんなに批難されても死ぬまで沈黙を通し続けた。

父が秀野に対して沈黙したことにより、秀野は忘れられ伝説の俳人と化してしまった。私も生母については俳人で秀野という名前だったことぐらいしか知らないで成長した。

父は晩年、足が氷のように冷たかった。電気敷布をしてもなかなか暖まらず眠れない。そこで、私は洗面器に湯を張って、六、七分足湯をさせてから父をベットに入れるようにしていた。こうすると氷のような父の足先が暖まり、ピンク色になるのである。

この時、父と黙って過ごすこともあれば画集など見ながら話をすることもあり、今になってみると至福の刻だったと思う。

ある時父が「死んだ人のことはいいことしか想い出せない」と、ポツリと言った。何の脈絡もなく唐突だったので、次に何か話があるのかと待ってみたが、何もなかった。

父の葬儀のあと、旅行中だったからとあとから弔問に来た父の友人が、

「お父さんがね、お嬢ちゃんの結婚をあんまり心配するものだから、ちょうど知り合いに結婚一年もしないのに妻に先立たれたのがいて、子供もいないからどうだろうと言ったら急に黙りこくってしまって、それから何を言っても返事がない。一時間も黙っていて、帰る、って帰ってしまったのだ。何だあれは、と女房とも言ったんだけど……」

と言った。この時、私は静枝の最大の理解者は父だったのだ、父は静枝の苦しみを知っていて私に同じ苦しみを背負わせたくなかったのだ、と気づいた。

もしかすると、秀野と父は諍いをしている時の方が多かった夫婦かもしれない。

私の母方のいとこに当たる清水汀子は母親（秀野の妹恒子）から秀野の話を子供の頃幾度となく聞かされていたとか。

「ヘネちゃん（秀野の姉妹間における愛称）は天にも地にも石橋さんと安見だけが大事なんだから、この二人のためなら自分の命も惜しくないんだから」

と言っていたとか。

グータラ亭主、と秀野があまり言うものだから、まったくだと同調でもしようものなら張り飛ばされそうになり、

「あんたなんかにウチの人のよさが判ってたまるものですか、今にいい仕事をする人よ」

となったそうだ。夫婦は傍目ではわからない。秀野にとってグータラと言うのも、のろけの一種だったのである。

秀野は父の事をグータラ亭主、もしくは愚亭と言い、父は秀野を希代の悪妻とともに呼び合っての十八年の結婚生活であった。

父が沈黙すればするほど、封印すればするほど、父の心の奥に秀野は位置を占めていたのである。

私はこの数年、K夫人に年に一回、七夕様のようにあるパーティーで会うのを楽しみにしている。私はこの夫人に憧れ、尊敬もしているのだが、その夫人と何の話からか、私の家族の話になった。静かに聞いてくれた夫人は、

「みんな可哀相、悪い人は一人もいない、みんなそれぞれ誠実なんですね」

と言われた。私はその言葉に静枝へのわだかまりが氷解してゆくのを感じた。

父は秀野に遅れること四十年後に没した。その後、秀野没後五十年目あたりからにわかに秀野に対する機運が出てきて、八女市の尽力で、平成十一年に山本健吉夢中落花文庫の前庭に句碑が建立された。

蟬時雨児は擔送車に追ひつけず

の句で、宇多野病院へ入院時の句帖のメモそのままを石に刻んだ。この句は父が『櫻濃く』に入集する際に、「児」を「子」に直したために、歳時記等には「子」と表記されている。

こぶし咲く昨日の今日となりしかな

の句は、昭和六十三年二月父が夢の中の句会で作った句。この二つの句を並べて夫婦句碑となっている。

秀野を覚えていないということは秀野を知らない、と同じことである。このたび、秀野の句について書かねばならず、読まねばならなくなり、そのことで実は私の知らない父の姿をも知ることとなった。私の知っている父は、何もできない日本の昔風の男である。お湯一つ沸かせないし、近くにある物も遠くにいる私や母を呼んで取ってもらう、そんなタイプであった。

その父が私が生まれた頃は秀野を句会に出すために、会社を早退して家に帰り、私を引き取っていた。今でこそ夫も育児休暇が取れるが、あの時代には前代未聞。ずいぶん進歩的と言えよう。不器用な父がどのようにして私の襁褓を替え、粉ミルクを溶いたり、離乳食を作ったのか。もっとも私は何を食べさせられたのかと思うと恐いものがあるが……。

言っても詮無いことながら、父は私に生母秀野のことをきちんと話をするべきだったし、それが後に残った方の親の義務だったと思っている。

堀口大学の詩「母の声」に「三半器管よ／耳の奥に住む巻貝よ／母のいまはのその声を返せ」というのがある。私も母のいまわの際を知りたいと思う。脳症で聞くに堪えないほど悲惨だったとしても、である。

子とはそういうものではないだろうか……。

また一方、父の気持も痛いほどわかる。二つの思いが時計の振り子のように私の中で行ったり来たりするのである。

このたびの秀野百句鑑賞は計画段階から宇多喜代子先生には御指導やら御鞭撻を頂いた。

これは心強いことであった。

その他、岡野弘彦先生や志摩芳次郎夫人、山陰の知人、遠藤仁誉氏など、多くの人々に助けられた。また、西田もとつぐ著『石橋秀野の世界』を参考にさせていただいた。

私にとって秀野の句を鑑賞したことは、生母を知るための心の旅でもあったのである。

平成二十二年七月吉日

山本安見子

山本　安見子（やまもと・やすみこ）

エッセイスト
1942年、文芸評論家の山本健吉と俳人石橋秀野の一人娘として東京で生まれる。本名、石橋安見。

著書『走馬燈——父山本健吉の思い出』
　　1989年5月　富士見書房刊
　『K氏のベレー帽——父・山本健吉をめぐって』
　　2000年12月　河出書房新社刊

石橋秀野《いしばしひでの》の一〇〇句を読む

2010年 9月10日　第1刷発行
2021年11月 5日　第4刷発行

著　　者　山本安見子
編　　集　星野慶子スタジオ
装　　幀　片岡忠彦
発 行 者　飯塚行男
印刷・製本　理想社

〒112-0002　東京都文京区小石川5-16-4　株式会社 飯塚書店
TEL 03-3815-3805　FAX 03-3815-3810
振替 00130-6-13014　http://www.izbooks.co.jp

 ISBN978-4-7522-2060-2